더 이상 참지 않아도 괜찮아

Original Japanese title: MOU, GAMAN SHINAI
Copyright ⓒ 2017 Jinnosuke Kokoroya
Original Japanese edition published by Daiwa Shobo Co., Ltd.
Korean translation rights arranged with Daiwa Shobo Co., Ltd.
through The English Agency (Japan) Ltd. and Danny Hong Agency.
Korean translation copyright ⓒ 2017 by Samtoh Co., Ltd.

눈치 보지 않고 나답게 사는 연습

더 이상
참지 않아도
괜찮아

고코로야 진노스케 지음
예유진 옮김

샘터

좋아하는 일만 한다는 건
굉장한 용기가 필요하지만
그만큼 즐거운 일이에요.

현실은 훨씬 '만만해'.

현실은 훨씬 '상냥해'.

이렇게 생각을 바꿔보세요.

현실을 만만하거나 상냥하다고 생각하지 못하는 건 어쩌면 당연한 일일지도 모릅니다.

왜냐하면 지금 당신이 보고 있는 현실은 당신이 앞서 했던 생각의 반영이니까요.

생각 → 현실 → 역시 생각 → 역시 현실 → 결국 또 생각 → 결국 또 현실.

이 흐름을 어디쯤에선가 끊으세요.

생각 → 현실 → 역시 생각 → 역시 현실 → 새로운 생각 → 새로운 현실 → 즐거운 생각 → 즐거운 현실.

현실을 이렇게 새롭게 바꾸어가는 겁니다.

종종 "잘 모르시나본데 현실은 이렇습니다"라는 말을 듣는데, 전 그건 들을 가치도 없는 말이라고 생각합니다.

"현실은 이래요"가 아닙니다.

그보다 먼저 "제 생각은 이렇습니다"라는 말이 있고, 그다

음에 그 생각을 알려주기 위해 현실이 나타나는 것입니다. 다시 말해, 눈에 보이지 않는 당신의 생각을 구체적인 형태로 보여주는 것, 그것이 바로 '현실'인 것입니다.

따라서 내 생각을 바꾸어야 현실도 달라집니다.

긍정적이고 희망에 찬 현실을 살아가기 위해서는 어떻게 생각을 바꾸어야 하는지 지금부터 그 방법을 소개해보려 합니다.

차 례

1장

그대로 괜찮다

훌륭해지고 나서 비로소 나를 인정하는 것이 아니라

지금의 나를 있는 그대로 인정할 때

비로소 '이런 나 자신'을 좋아할 수 있게 됩니다.

유감이지만 당신은 지금 정점에 도달했습니다.

아무리 노력해도 이보다 더 좋아지지는 않아요.

지금의 나를 긍정하고 받아들여야만

다음 단계로 나아갈 수 있습니다.

현재를 부정하는 사람에게 멋진 미래는 찾아오지 않습니다.

진정한 성장은 대단한 무언가가 되거나

남들은 못하는 무언가를 할 수 있게 되는 것이 아닙니다.

그것이 무엇이든 지금 내가 하고 있는 일,

지금까지 해온 일에 "정답! 예스! 오케이! 완벽해!"라고 말할 수 있는 것

입니다.

지나치게
서두르고
지나치게
초조하다

혹시 지금 '나는 쓸모없어' '좋지 않아' '아직 부족해'라고 생각하고 있지는 않나요?

만약 당신이 그렇게 생각하고 있다면, 그것은 현재의 단계를 '졸업'하지 않고 언제까지나 그 상태 그대로 머무르고 있다는 뜻입니다.

사람들은 나는 아직 멀었다는 생각을 가지고 열심히 노력해야 성장할 수 있다고 믿습니다. 하지만,

그렇게 서두르지 않아도

그렇게 초조해하지 않아도

그렇게 기를 쓰지 않아도

우리에게 필요한 것은 충분히 주어졌고 앞으로도 계속 그럴 것입니다.

물론 이런 말을 해도 여전히 '나는 쓸모없어' '좋지 않아' '아직 부족해'라며 더 나은 내가 되기 위해 노력하고 애쓰는 사람들이 분명히 있을 겁니다. 하지만 그것은 오히려 '현재의 나'를 부정하고 내게 주어진 것들에 감사하지 않는 태도입니다.

'이런 회사는 쓸모없어, 이런 아내는(남편은) 좋지 않아, 이런 상사는(부하 직원은) 좋지 않아….'

이런 말들, 어딘가 이상하다는 걸 조금은 느끼시나요?

무엇을 그렇게 초조해하는지

무엇을 그렇게 모자라다고 여기는지

무엇을 그렇게 얻고자 하는지

어째서 지금 상태에 만족하면 안 되는지

언제 행복을 맛보려고 하는지

언제 스스로에게 오케이라고 할지

언제 주어진 것에 감사할지

지나치게 서두르고 지나치게 초조해하는 것.

그것은 '잘할 수 있는 자신의 모습'만을 좋아하는 것입니다.

그러나 이제는 잘하지 못하는 나, 하지 않는 나, 도움을 받는 나, 눈치 없는 나, 잘 모르는 나를 소중히 여겨줄 때입니다.

그렇게 잘할 수 없어도 괜찮으니까.

그렇게 다른 사람들을 기쁘게 해주지 않아도 괜찮으니까.

그렇게 서두르지 않아도 괜찮으니까.

그렇게 성과를 내지 않아도 괜찮으니까.

더 천천히 걸어보세요.

잘하지 못하는 나라도 괜찮다고, 그렇게 믿어보세요.

그것을 깨닫는 순간, 지금 내 주위에 있는 사람들이 얼마나 훌륭한지 알게 됩니다. 그래서 설사 내가 잘하지 못한다 해도 상관없고, 오히려 그렇기 때문에 더 사랑받을 수 있다는 사실을 알게 될테니까요.

다음 단계로 넘어간다는 것은 현재의 단계를 '졸업'한다는 뜻입니다.

보통 졸업이라고 하면 '할 수 있게 된다'는 '성장'의 이미지이지만, 마음속의 졸업은 '지금 그대로도 괜찮아' '지금까지의 나로도 충분해'라는 '화해'의 이미지입니다.

예컨대, '난 어릴 때부터 한심했어. 잘하는 것도 없고, 매일 혼나고, 사람들도 날 싫어했어. 그래서 스스로를 쓸모없는 인간이라고 생각하며 살아왔어'라는 자기 자신에 대한 비난, 부정적인 생각과 화해하는 것입니다.

꼭 잘하는 내가 아니어도 괜찮습니다.

지금 어딘가 부족한 사람이라 해도, 누구도 당신을 비난하지 않습니다. 누구도 당신에게 화를 내거나 싫어하지 않습니다.

오로지 당신 자신만이 과거의 당신(과 같은 사람)에게 화를 내면서 어이없어 하고 비난하면서 멀어지려고 합니다.

미운 것은 미울 수밖에 없고 싫은 것은 싫어할 수밖에 없지만, 그래도 비난만은 하지 말아주세요.

싫어하는 것으로부터 잠시 떨어져 거리를 두는 것은 괜찮습니다. 다만, 싫다는 이유로 영영 멀어지지는 마세요.

싫어하는 마음과 제대로 화해한 다음에 멀어지는 것이 '졸업'입니다. 그것이 진정한 의미의 '다음 무대'로의 이동인 것입니다.

어느 쪽이든
상관없는 나

'있어도 그만, 없어도 그만. 어느 쪽이든 상관없는 사람.'

한동안 내가 이런 사람은 아닌가 하고 고민했던 적이 있습니다.

남들보다 뭔가를 특별히 잘하는 것도 아니고, 특기라고 내세울 만한 것도 없는 나.

능력, 외모, 성격 모두 특출한 데가 없고 애매하기만 한 나.

그중에서도 스스로가 가장 부족하다고 생각했던 건, 나는 재미가 없는 사람인데다 남을 즐겁게 해주거나 도움이 되지도 못한다는 점이었습니다.

그래서 '함께 있고 싶은 사람' '옆에 있으면 즐거운 사람' '없으면 곤란한 사람'이라는 말을 듣고 싶어서 눈물겨운 노력을 했습니다.

만약 내가 원하는 대로 될 수만 있다면 남들에게 인정받고 사랑받을 수 있을 거라 생각하면서 끊임없이 노력했습니다. 그래서 그 결과 어떻게 됐을까요?

나는 '부족하다'는 전제

나는 '재미없다'는 전제

나는 '도움이 되지 않는다'는 전제

이 전제들을 모든 행동의 기준으로 삼아 그렇게 되지 않도록 애써보았지만, 아쉽게도 돌아오는 보상은 전혀 없었습니다.

어느 날, '이렇게 열심히 노력해도 이 정도밖에 안 된다면 대체 무슨 의미가 있을까, 열심히 노력해도 이 정도가 끝이라면 그 반대로 해보면 어떨까?' 하는 생각이 들었습니다.

그때 문득 떠오른 '지금까지 열심히 해온 일을 그만둬버리면 어떻게 될까?'라는 될 대로 되라 식의 생각에 넘어가 열심히 하던 일을 전부 그만두었습니다. 그런데 그러고 나니 오히려 사람들이 나를 좋아해주고 인정해주는 게 아닙니까?

다른 사람을 위해 열심히 하던 일을 관두고 스스로 즐거운 일만 골라서 했더니, 그것을 자연스럽게 즐겨주는 사람들이 생겨나면서 '성과'가 나오기 시작했습니다.

뭐지? 이걸로도 괜찮잖아.

이런 모습 그대로도 괜찮구나.

이런 모습 그대로도 사랑받을 수 있구나.

아무것도 못하는 이런 나라도 자신감을 가져도 괜찮구나, 하고 깨달았습니다.

‘이것이 좋고, 이것이 최고’라는 게 아니라 ‘그래, 이걸로도 괜찮아’라고 받아들이게 됐습니다.

그리고 ‘그걸로 됐어’라고 말해주는 사람들과 함께하면 된다는 걸 깨닫고부터 점차 인생이 평온해졌습니다.

당시에 저는 사람들이 행복해지도록 도와야 한다는 생각에 사로잡혀 있었습니다. 그래서 불행하거나 즐겁게 살지 못하는 사람들을 열심히 찾아다녔습니다. 무의식적으로 ‘자기 몫을 못할 것 같은 사람’이나 ‘지금 곤란을 겪고 있는 사람’을 찾아서 그들의 문제를 해결해주고 그런 나의 모습을 대견해하고 좋아했던 거죠.

그런데 ‘이런 나라도 괜찮구나’라고 스스로 받아들이게 되면서 누군가를 행복하게 해줄 수는 없더라도 나는 내 뜻대로 얼마든지 행복해질 수 있다는 사실을 깨닫게 됐습니다.

누군가를 행복하게 해주려고 애쓰니까 괴로운 것일 뿐입니다. 애초에 그런 능력은 누구도 지니고 있지 않습니다.

그러니 사람들을 행복하게 해주기 위해 자신을 바꾸려고 노력하지 않아도 괜찮습니다. 당신은 지금 모습 그대로도 충분히 사랑받을 수 있는 존재니까요.

쓸모없는 나를
인정할 수 없다

'쓸모없는 나'를 인정할 수 없는 건, 마음속 깊은 곳에서는 '나는 쓸모없지 않고 훌륭하다'라고 굳게 믿고 있기 때문입니다.

그래서 더 슬프고 애처롭고 고통스럽습니다.

쓸모없는 자신을 인정할 수 없어서 괴로운 것이니까요.

누구나 마음속으로는 자신이 훌륭하다는 사실을 잘 알고 있습니다.

그런데 그것이 진실이라는 것을 잘 알면서도 뜻하지 않게 부모님과 사소한 갈등을 겪으면서 '나는 쓸모없어' '나는 무능해'라는 착각을 하게 됩니다.

그리고 그렇게 착각한 순간부터 '훌륭한 진짜 나'와 '쓸모없다고 생각하는 나'의 싸움이 시작됩니다. 그것이 지금까지도 계속 이어지고 있는 것입니다.

이 싸움을 끝내기 위해서는 '쓸모없는 부분도 있는 나'와 '사실은 훌륭한 나'를 모두 깨닫고 받아들이는 수밖에 없습니다.

이 때 중요한 것은 스스로 그렇게 생각하는가 하는 점입니다.

즉, 어쩌면 쓸모없는 부분이 있을지도 모르지만 나는 훌륭하다.

이렇게 생각할 용기와 각오가 있는가 하는 것입니다.

만약 그런 용기와 각오가 없으면 계속해서 자신의 처지를 한탄하고 있을 수밖에 없습니다.

반대로 '그렇게 생각하기로 한다!'고 결심하면 '나는 훌륭하다'는 생각의 증거가 되는 현실이 뒤따라오게 됩니다.

2장

패턴을 깨라

나에게는 나만의 정의(正義)가,

당신에게는 당신만의 정의(定意)가 있습니다.

이렇게 세상에는 사람 수만큼의 정의가 존재하고,

모두 내가 옳다고 생각하기 때문에 문제가 생깁니다.

'옳다는 개념은 우리를 지치고 힘들게 만든다'는 말이 있습니다.

정의는 스스로를 제한하며 상식적인 범위 안에서만

자유롭기 때문입니다. 또 정의는 사람을 심판합니다.

정의가 심판하고 있는 한, 악인은 언제나 존재할 수밖에 없습니다.

마음속 정의와 불의는 제로(zero)가 되어 없어지지 않습니다.

제약을 넘어 자유로워지기 위해서는 마음속의 정당함과 부당함을

하나씩이라도 줄여가는 것이 좋습니다.

우리는 모두 자신의 믿음에 따라서 살아가고 있습니다.

언젠가 좋다고 들은 것, 쓸모없다고 들은 것, 나쁘다고 들은 것 등을 믿고 그런 믿음을 전제로 세상을 들여다봅니다.

누군가에게 "저 사람은 나쁜 녀석이야"라는 말을 들으면 나도 모르게 그런 눈으로 그 사람을 보게 됩니다. 그래서 그가 설사 좋은 일을 해도 마치 흑심이 있는 사람처럼 여겨집니다. 또 '누구에게 들었는가'에 따라 그 내용을 믿을지 믿지 않을지도 정해집니다.

우리가 어릴 적에 배우고 익힌 여러 가지 '상식' 또한 인생을 끌어가는 '대전제'입니다.

우리는 이렇게 자신이 믿는 수많은 것들에 의지해 살아가고 있습니다.

이런 사실을 알아차리고 어떤 것이 '옳은 것'인지 아는 것만으로도 당신의 인생은 바뀝니다.

그렇다면 무엇이 옳은 것일까요?

그것은 당신이 다른 사람들의 사랑과 보호를 받고 있으며, 재능이 흘러넘치고, 지금 이대로의 모습으로도 완벽하다는 사실입니다. 그러므로 더 이상 아무것도 보탤 필요가 없고 어떤 불안감도 느낄 필요가 없습니다.

지금 내가 한 말을 믿을 것인지, 아니면 '누군가에게 들은 거짓말'을 믿고 살아갈 것인지는 당신의 자유로운 선택입니다.

당신이라면 지금 어느 쪽을 선택하겠습니까?

혹시 지금까지 부정적인 것만 믿으며 살아오지는 않았습니까?

사람은 '믿고 싶은 것만을 믿는 법'입니다.

보통 점을 보고나서 점이 잘 맞는다거나 안 맞는다고 말하는데, 이 말은 자신의 생각과 점이 일치했는지 그렇지 않았는지를 얘기하는 것입니다.

만약 점쟁이가 자신이 모르는 내용이나 이해할 수 없는 것을 말하면 우리는 점이 하나도 안 맞는다며 절대 믿지 않습니다.

지금까지 당신이 저지른 최대의 잘못은, '지금 이대로의 나는 쓸모없다'고 믿고 있는 것입니다.

'지금 이대로의 나로도 괜찮다.'

믿음을 이렇게 바꾸는 것만으로도 인생은 변할 수 있습니다.

그런데도 사람들은 "그런 건 못 믿겠어요"라고 말합니다. 다른 듣기 좋은 말들은 금방 믿어버리면서 말이죠.

그렇게 자기 자신이 '쓸모없다'고 믿고 싶은 걸까요?

살아오면서 누군가에게 들은 당신에 관한 말이나 믿음, 그리고 당신이 지금까지 보고 듣고 느껴온 부정적인 것들은 모두 다 거짓말입니다. 그냥 진짜처럼 보이는 것일 뿐입니다.

스스로를
어떤 사람이라고
믿고 있나요?

우리는 자신의 일과 믿음, 그리고 자신의 사고방식이 '옳다'
는 확신을 갖고 싶어 합니다.

이렇게 내 생각은 옳고 상식적이라고 생각하기 때문에 나와
다른 생각과 말, 행동을 하는 사람이 있으면, '저 사람은 틀렸
다(=나와는 다르다)' '저 사람은 이상하다(=내가 맞다)' '저 사람의 생
각은 이해할 수 없다(=나의 이해 범위를 뛰어넘었다)'고 생각합니다.

반대로 내 생각이 틀렸다고 생각하는 사람조차도 자신의

생각이 틀렸다는 그 사실만큼은 옳다고 믿습니다.

그래서 '그 사람이 그렇게 말하니까(=역시 나는 틀렸어!)' '그 사람에게 혼났어(=역시 나는 틀렸네!)'라는 결론에 도달합니다.

당신이 지금 행복하다면 계속 그렇게 믿어도 괜찮습니다. 그런데 그렇지 않고 사는 게 힘들고 일도 잘 풀리지 않는다면 자신이 믿고 있는 사실을 슬슬 바꿔보는 건 어떨까요?

사실은 당신이 그렇게 믿고 있기 때문에 힘이 드는 겁니다.

덧붙여 말하자면, 이 얘기는 '자기를 어떤 사람이라고 믿고 있는가'에 관한 것입니다.

자신을 쓸모없는 사람이라고 믿고 있지는 않나요?

남들이 싫어하는 사람이라고 믿고 있지는 않나요?

부모님을 슬프게 한 죄인이라고 믿고 자책하고 있지는 않나요?

우리는 이런 자신에 대한 믿음을 매번 현실화하고 있습니다.

이것을 '끌어당김의 법칙'이라고 부르는 사람도 있습니다. 하지만 저는 우리의 생각이 바라는 것이 현실이 된다기보다는 우리가 믿고 있는 대전제가 그대로 현실에 비치고 있을 뿐이라고 생각합니다.

우리가 가진 믿음이 부정적인 것들로 가득 차 있으면 일이 잘 풀리고 있는데도 그렇게 보이지 않고, 누군가에게 칭찬을 받아도 믿을 수 없게 됩니다. 또 성공해도 이 모든 것이 영원히 지속될 리가 없다고 여기고, 누군가 나를 좋아해도 나중에 내 본모습을 알게 되면 분명 싫어하게 될 거라고 생각합니다.

스스로를 긍정한다, 자신의 모든 것을 긍정한다는 것은 내가 가진 꾸미지 않은 본래의 훌륭함을 긍정한다는 뜻이기도 합니다.

여기저기 잔뜩 바른 '두꺼운 화장'을 지우고 무거운 코트를 벗어 던진 후 맨몸으로 거리에 나서는 용기를 내어보는 것입니다.

그렇게 하고 나면, 당신은 비로소 깨닫게 됩니다.

'나는 원래부터 괜찮았다'는 것을.

'나는 원래부터 사랑받는 사람이었다'는 것을.

'처음부터 사람들이 나를 돕고 보호해주고 있었다'는 것을.

우리는 자신의 생각이 옳다고 생각하며, 그렇게 믿고 싶어
합니다. 그것은 결국, 진짜 나는 훌륭하다는 사실을 잘 알고
있기 때문이겠죠.

마이너스에
아무리 플러스를 곱해도
답은 마이너스

직장인이었을 때부터 줄곧 저의 마음속에는 '난 별 볼일 없어' '난 인정받지 못할 거야'라는 전제가 있었습니다. 그래서 쓸모 있고 다른 사람에게 인정받는 사람이 되기 위해 더 열심히 노력했습니다. 그래서 원하는 결과를 얻을 수 있었을까요?

여기서 잠깐 수학 문제를 풀어보겠습니다.

$(-4) \times (+2) = -8$

$(-4) \times (+10) = -40$

(-4)는 셀프 이미지/자기 평가를 나타냅니다.

마이너스(셀프 이미지)에 플러스(행동)를 곱해도 결과는 마이너스입니다.

여기서 플러스(행동)는 노력을 뜻합니다.

마이너스에 플러스처럼 보이는 10의 노력을 곱해도, 마이너스가 커질 뿐 플러스로 바뀌지는 않습니다. 즉, 마이너스 마인드를 가진 사람이 그것을 보완하려고 노력하면 노력할수록 결과적으로 마이너스만 커집니다.

그런데 우리는 마이너스가 커지니까 '이거, 큰일이네!'라고 생각해 더 열심히 노력합니다. 그 결과,

$(-4) \times (+20) = -80$

이처럼 마이너스에서 시작하면 내가 아무리 노력하고 애써도 플러스가 될 수 없습니다. 오히려 노력하면 할수록 마이너스가 커지는 악순환에 빠집니다.

그러면 어떻게 하면 좋을까요?

플러스를 얻기 위해서는 (-4)에 무엇을 곱해야 할까요?

네, 그렇습니다. (-4)라면 거기에 마이너스를 곱하면 됩니다.

노력하지 않는다, 열심히 하지 않는다, 오히려 게으름을 피운다. 그러면,

$$(-4) \times (-10) = +40$$

지금까지와는 정반대의 결과가 나옵니다.

최선을 다해 열심히 노력하고 남에게 도움을 주고 배려해서 행동해도 일이 잘 풀리지 않았던 이유는 마이너스에 플러

스의 노력을 더했기 때문입니다.

노력하지 않는 것으로 (-4)×(-10)=+40이 가능해지면 이제 그다음 단계로 이동해봅니다.

그러면서 맨 처음의 (-4)가 사실은 (-)가 아니라 (+)였던 건 아닐까 하는 생각이 듭니다.

지금까지 스스로를 (-4)라고 생각하고 있었는데 사실은 (+4)였을지도 모른다는 사실을 알아차리게 되는 것입니다.

그런데 (+4)에 이제껏 해왔던 대로 (-10)을 곱했더니 (-40)이라는 결과가 나와 버립니다.

$$(+4)×(-10)=-40$$

그때 비로소 자연스럽게 (-10)의 노력이 (+10)의 노력으로 변하게 됩니다. 여기서 (+10)은 '해야만 한다'가 아니라

'하고 싶다'라는 마음입니다. 스스로 하고 싶은 마음으로 즐기는 (+10)의 노력인 것입니다.

그리고 (-10)의 노력이 (+10)의 노력으로 변하며 결과가 플러스로 바뀌자 이번에는 원래의 셀프 이미지 (+4)가 점점 높아집니다.

'자신의 가치'를 느끼는 것만으로도 결과가 바뀌어가는 것입니다.

만약 셀프 이미지 (+4)가 (+38)이 되면, 지금까지의 노력을 (+10)에서 (+2)정도로 줄여도 결과는 (+40)에서 (+76)으로 더욱 커집니다.

즉, 어떤 노력을 곱할까 고민하는 것보다 애초에 곱하는 기준(셀프 이미지/자기 평가)을 (-4)에서 (+4)로, 더 나아가 (+38) 혹은 ∞(무한대)까지 높여가면 되는 것입니다.

그렇다면 셀프 이미지(자기 평가)를 높이기 위해서는 어떻게 해야 할까요?

무엇보다 자기 자신에게 솔직해져야 합니다.

자신이 하고 싶은 것을 시작하는 용기, 하고 싶지 않은 것을 그만두는 용기, 남에게 아첨을 떨지 않는 용기, 애쓰지 않는 용기, 게으름을 피우는 용기, 적당히 하는 용기가 필요합니다. 무엇보다 스스로 즐길 각오가 필요합니다.

용기를 내서 계속 해나가다 보면 '이래보여도 나는 사실 훌륭한 사람'이라고 스스로 믿을(깨달을) 수 있게 됩니다.

어떻게 노력할까 보다 어떤 셀프 이미지를 택할 것인가, 그것이 중요합니다.

새로운
셀프 이미지로
변신한다

가난해져도 '가난뱅이'는 되지 마라.

병에 걸려도 '병자'는 되지 마라.

실패를 해도 괜찮지만 '실패자'는 되지 마라.

움직이지 않아도 괜찮지만 '움직일 수 없는 사람'은 되지
마라.

결혼을 못해도 괜찮지만 '결혼할 수 없는 사람'은 되지 마라.

다시 말해, 잠시 그런 것은 괜찮아도 가난뱅이, 병자, 실패자, 움직일 수 없는 사람, 결혼할 수 없는 사람 같은 존재는 되지 말라는 것입니다.

어떠한 존재라는 것은 결국 그 사람의 셀프 이미지입니다.

불행한 날을 마주치는 것은 괜찮지만 불행한 사람은 되지 말아야 합니다.

사랑받지 못하는 것은 괜찮지만 사랑받지 못하는 사람은 되지 말아야 합니다.

자신에게 쏟아져 내리는 여러 가지 안 좋은 일은 그냥 지금 그런 것일 뿐, 그것을 옷처럼 걸치고 몸에 휘감을 필요는 없습니다.

그저 샤워를 하듯이 그냥 체험하고 끝내버리면 되는 것입니다.

과거에 병을 앓았다고 해서 계속 아플 필요는 없습니다.

과거에 괴롭힘을 당했다고 해서 계속 괴롭힘 당하는 사람으로 있을 필요는 없습니다.

과거에 못했다고 해서 계속 못하는 사람으로 있을 필요는 없습니다.

과거는 이미 끝났습니다. 스스로 끝내겠다고 정하면 그걸로 그만입니다. 당신은 그저 과거에 그런 상황들을 잠시 경험했을 뿐입니다.

"그렇게 간단한 문제가 아니에요!"라고 반박하는 사람들도 분명 있을 겁니다.

당연한 일입니다. 하지만, 불행했던 과거를 끝내는 것이 절대로 불가능하다고 말하는 것도 따지고 보면 자기 멋대로 생각하는 게 아닐까요? 적어도 '할 수 있을지도 모른다' 정도로는 생각해봐도 좋지 않을까요?

왜 당신은 절대로 불가능하다고 생각하는 걸까요? 왜 그렇게 마음속으로 정한 것일까요?

그 이유는 다른 사람이 당신에게 그렇게 말했기 때문입니다. 어릴 적 선생님이나 친구, 부모님, 혹은 저명한 사람들이 그렇기 말했기 때문에 아직도 그것을 믿고 있는 겁니다.

그러나 '상식'이라는 것은 항상 뒤집어집니다.

'과학적 근거' 따위도 아주 간단히 뒤집어집니다.

'자신의 생각과 가치관'도 마찬가지입니다.

만약 스스로를 사랑받지 못하는 사람, 불행한 사람, 쓸모없는 사람, 운이 없는 사람, 고생만 하는 사람, 미움 받는 사람이라고 생각하고 있었다면 그것을 먼저 의심해보세요.

어차피 안 된다.

이런 생각이 인생 전체를 쓸모없게 만듭니다. 지금은 그런 생각을 바꾸어야 할 때입니다.

어차피 못한다.

→ 해도 된다.(허가)

→ 할 수 있을까?(의문)

→ 할 수 있을지도 몰라.(가능성)

→ 해보자.(도전)

→ 해냈잖아.(가치관의 전복)

→ 때로는 실패(예외)

→ 어쩌면 할 수 있을지도(희망)

→ 물론 할 수 있어.(긍정적인 확언)

→ 봐, 했잖아.(증거)

→ 뭐랄까, 즐거워~.(최고다!)

→ 또 해냈어!(확인·증거)

→ 아, 해낸 것조차 잊고 있었네.(습관)

→ 난 할 수 있는 사람(새로운 셀프 이미지)

　당신에게는 자신이 믿고 있는 것들을 의심하고 깨부수는 경험이 필요합니다.

그렇게 해서 지금까지 해온 익숙한 패턴을 깨고 새로운 셀프 이미지로 변신하는 것입니다.

'괜찮아!'라는 체험.

'됐어!'라는 체험.

'그런 거구나!'라는 체험을 하게 되면 지금까지 믿어온 거짓된 진실 따위는 간단히 바꿀 수 있습니다.

3장

열심히 하지 않기

'열심히 하지 않거나 지금보다 성장하지 않으면

인간으로서 쓸모없어진다'는 말은

그렇게 하면 '있는 그대로의 꾸미지 않은 진짜 내 모습으로

돌아가 버린다'는 절규와 똑같습니다.

그러니까 그동안 당신은 나답지 않게 살아가려고

노력하고 있었던 겁니다.

처음부터 스스로를 쓸모없는 인간이라고 생각하고 있었던 겁니다.

큰 목표를 달성하거나 민폐를 끼치지 않고 남에게 도움이 되어야

사람들에게 인정받고 사랑받으며 행복해질 수 있다고

믿고 있었던 겁니다.

요컨대, 있는 그대로의 나다운 모습으로는

사랑받지 못한다고 생각하고 있었던 겁니다.

열심히 고생했기에
지금의 내가 있다?

제가 "열심히 하지 말자" "고생은 그만하자"라고 말하면, "무슨 소리예요. 열심히 하고 고생했기 때문에 지금이 있는 거 잖아요?"라고 반문하는 사람들이 있습니다.

게다가 무슨 이유에서인지 지금 순조로운 인생을 살고 있는 사람일수록 더 고생하기를 원하는 것 같습니다.

물론 저도 어느 정도 고생과 노력이 있었기에 지금이 있었을 거라고는 생각합니다. 하지만, 마흔 살이 지나고부터는 다르게 해보기로 했습니다.

열심히 한다. → 열심히 하지 않는다.

고생한다. → 다른 사람에게 의지한다.

스스로 한다. → 남에게 맡겨본다.

민폐를 끼치지 않는다. → 때때로 남에게 폐를 끼친다.

이렇게 바꿔서 실천했더니 지금까지와는 정반대의 결과가 나타났습니다.

고생하면 고생한 만큼의 결과를 얻지만, 고생하지 않고 열심히 하지도 않으면 그보다 몇 배로 큰 것을 얻을 수 있다는 사실을 알게 된 것입니다.

그동안 저는 사실 '본래의 흐름'과 반대 방향으로 헤엄치고 있었다는 걸 깨달았습니다. 흐름을 거슬러 나아가고 있었기 때문에 지금 애쓰는 것을 멈추면 추락하고 말 거라는 두려움에 떨면서 이를 악물고 살았던 겁니다.

그러면서 노력한 만큼 보상받지 못한다, 인정받지 못한다고 불평불만을 늘어놓으면서 계속 발버둥쳤던 거죠.

도무지 일이 잘 풀리지 않는데다 인생이 괴로웠습니다.

그래도 노력을 보상받고 남들에게 인정받기 위해서는 '열심히 하는 수밖에 없다'고 생각했습니다.

정말로 완벽한 '열심교 신자'의 모습이었습니다.

열심히 노력하고 고생하는 것은 그 나름대로 유익한 경험이지만, 그것만이 훌륭하다고 착각하게 되면 주변까지 고생으로 이끌게 됩니다.

고생은 고생으로 됐고, 노력은 노력으로 충분합니다.

노력하거나 고생한 만큼 어느 정도의 보상이 돌아오기에 그 자체를 부정할 생각은 없습니다.

다만, 그렇게 고생하지 않고도 마음 편하게 풍요로운 인생을 즐길 수 있는 방법이 있습니다.

그 방법은 당신이 지금까지 훌륭하다고 생각해온 것, 가장

안 좋다고 생각해온 것의 정반대에 있다는 사실을 알려주고

싶은 것뿐입니다.

노력을 다하지 않고
하늘의 뜻을
기다리기만 하면 된다

내가 가진 힘을 100퍼센트나 120퍼센트 들이면 거의 100퍼센트에 가까운 결과가 나옵니다.

반면 40퍼센트 정도만 노력하면 예상한 것의 300퍼센트 이상의 결과가 나옵니다.

자신의 힘을 과신하지 말고

자신의 매력을 과소평가하지 말고

그러면서 주위의 힘도 과소평가하지 않아야 합니다.

그러면 '흐름'을 타고 모두 행복해질 수 있습니다.

그것이 결과적으로 커다란 행복을 불러옵니다.

만약 내가 100퍼센트가 아니라 40퍼센트의 노력만 한다고 해볼까요? 그러면 60퍼센트는 주위 사람들의 몫이 됩니다.

이럴 경우 주위 사람들은 타인에게 도움을 주고 공을 세웠다는 기쁨을 얻을 수 있습니다.

이것이 당신이 너무 열심히 하지 않아도 되는 이유입니다.

말하자면, 당신이 너무 열심히 하지 않는다는 것은 주위 사람들을 신뢰한다는 뜻입니다.

필사적으로 열심히 하는 모습은 아름다워 보이기도 합니다.

하지만 그런 모습이 주위 사람들에게 '난 당신들을 믿지 않아요'라는 메시지를 보내고 있는 것일지도 모릅니다.

생각을 바꾸어서 열심히 하지 않기로 결심하면 이전에는

알지 못했던 문이 열립니다.

　진인사대천명(盡人事待天命).

　'사람이 할 수 있는 모든 노력을 다하고 하늘의 뜻을 기다린다'는 뜻입니다.

　그런데 여기서 나는 감히 이렇게 말하고 싶습니다.

　'사람이 할 수 있는 모든 노력을 다하지 않고 하늘의 뜻을 기다린다.'

　진정한 의미의 진인사(盡人事)는, '최선을 다하는 것'이 아니라 '자신의 삶을 살아가는 것'을 뜻하는 것이니까요.

　자신의 뛰어남을 스스로 깨달으면 그것만으로 충분합니다.

　그 깨달음으로 인해 당신의 행동과 생각이 모두 바뀌게 될 것입니다.

"제가 더 열심히 해야 하는데 더 이상 그럴 수가 없습니다"
라는 내용의 상담 편지를 자주 받습니다. 사람들은 생계를 해
결하거나 가족들을 책임지기 위해서 자신이 더 열심히 해야
한다고 생각합니다.

그런데 생계나 가족들은 실제로는 결과입니다. 직장동료나
이웃들도 마찬가지입니다.

이런 결과 앞에는 원인이 되는 생각이 있습니다. 따라서 결과

를 보고 열심히 해야 한다고 말하는 것은 잘못된 생각입니다.

다시 말해, '열심히 해야 한다'는 생각이 열심히 노력하기 위한 이유, 즉 재료를 만들어내고 그것을 사용해서 한층 더 열심히 해야 한다는 생각을 키워가고 있는 것입니다.

"역시 내가 열심히 해야 해."

이런 악마 같은 주문.

"역시 열심히 했더니 잘 됐어."

이 엄청난 착각의 주문.

"잘 되지 않는 이유는 노력이 부족했기 때문이야. 그러니 더 열심히 하는 수밖에 없어."

이런 세뇌 혹은 착각이 점점 더 열심히 해야만 하는 현실을 대량생산해내는 것입니다.

그래서 "더 이상 열심히 할 수 없습니다"라는 말을 할 때가 실은 기회의 순간인 것입니다. 즉, 스스로 용기를 내어 강제종

료 버튼을 누르려는 순간인 것이죠.

    열심히 하지 않을 용기.

    열심히 하지 않고 스스로를 믿는 용기.

    열심히 하지 않고 다른 사람의 친절함을 신뢰하는 용기.

    이제는 "더 이상 못 하겠습니다" "싫습니다"라고 용기 내어 말할 순간이 왔습니다. 단지 그뿐입니다.

세상은
훨씬 더
친절하다

열심히 하지 않는다, 고생하지 않는다는 말은 처음부터 열심히 하거나 고생하는 것을 선택하지 않는다는 뜻입니다.

그렇게 하지 않아도 제대로 자신의 바람을 이루고 성장하고 사랑받을 수 있기 때문이죠.

고생해야만 원하는 걸 익힐 수 있고, 노력해야만 보상을 얻을 자격이 있다는 전제를 잊어보세요.

열심히 안 하면 사랑받지 못하고, 제대로 된 사람이 될 수 없다는 두려움으로부터 빠져나와보세요.

당연하다는 듯이 우리에게 심어진 결핍감과 죄악감에서 벗어나보세요.

우리는 열심히 해야 한다는 마음속 전제를 갖고 있기 때문에 열심히 하지 않는 사람, 게으름을 피우거나 민폐 끼치는 사람이 나타날 때마다 더욱더 '저런 사람이 돼서는 안 된다'고 생각합니다.

하지만 할 수 있는 자신과 할 수 없는 자신이 있는 그대로 인정받고 사랑받는다고 안심할 수 있는 세계는 분명 있습니다.

열심히 했기 때문에 보상받는 것은 아닙니다. 반대로 열심히 하지 않았기 때문에 보상받지 못하는 것도 아닙니다.

열심히 해도, 열심히 하지 않아도 보상받을 때는 보상받고 보상받지 못할 때는 보상받지 못합니다.

그리고 그 보상이라는 것도 단지 자신이 기대한 것과의 비교에 불과합니다.

우리는 사실 매번 보상받고 있습니다.

이 세계는 원래 당신이 그렇게 확실히 하지 않아도 남에게 도움이 되지 않아도 성장하지 않아도 제대로 사랑받고 행복해질 수 있는 곳이니까요.

그러니까 처음부터 고생을 선택할 필요는 없습니다.

그렇게 두려워하지 않아도 괜찮습니다.

세상은 당신이 생각하는 것보다 훨씬 더 다정하고 친절하니까요.

성과가
없어도
행복하다

사람들은 '이것이나 저것을 갖게 되면' '그 사람처럼 되면' '성과를 내면' 등등 지금보다 더 나아지려는 향상심을 갖고 열심히 합니다.

그런데 설혹 1등을 못한다 해도 지금 충분히 행복하다면 괜찮습니다.

행복하다는 것은 '그 사람에게 필요한 만큼의 성과는 확실히 있다'는 말이기도 하니까요.

그렇기 때문에 모든 사람들이 좋은 성적이나 성과를 내지 않아도 괜찮은 것입니다.

즐겁게 놀다가 저절로 성과가 따라올 때도 있고, 성과가 따라오지 않아도 충분히 즐겁고 풍족하게 살아갈 수도 있습니다.

필요 이상의 성과와 풍족함은 사실 필요 없는 것일지도 모릅니다.

당신은 그것이 없어도 이미 행복하기 때문에 그 이상의 성과를 거두기 위해서 필사적으로 노력하지 않아도 괜찮습니다. 성과를 거두지 못하는 일과 자신의 가치를 동급으로 취급하지 마세요.

어쩌면 당신에게 필요한 풍족함은 이미 주어졌을지도 모릅니다.

당신이 그걸 받아들이기 거부하지만 않는다면요.

성과가 없어도 행복하고, 성과가 있으면 즐겁다. 그냥 단순

하게 이런 것입니다.

물론 이왕이면 성과가 있었으면 하겠지만요.

4장

민폐를 끼쳐라

노력하는 사람은 누구에게도 감사하지 않습니다.

그저 행복하게 성과를 얻기 위해서 감사하는 편이 낫다고

생각할 뿐입니다.

이것이 '해야만 하는 감사' '성과를 얻기 위한 타산적 감사'입니다.

반면에 행복한 사람은 늘 감사하며 살아갑니다.

세상에는 감사할 일밖에 없다고 생각하기 때문입니다.

노력하지 않아도, 하고 싶은 대로 해도,

많은 것을 누리고 있다고 느끼게 해주니까요.

저는 열심히 노력하던 시절에는 주위 사람들에게 고마워하지도 않았고, 그럴 필요도 못 느꼈습니다.

내가 열심히 한 거니까, 나 혼자 힘으로 이루어낸 거니까 그럴 필요 없다고 생각했습니다. '나'라는 '에고'에 빠져서 감사의 말을 해야 한다는 생각조차 하지 않았던 거죠. 돌아보면 무척이나 오만했던 시절이었습니다.

남들을 돕고, 기쁘게 하기 위해 노력했던 그 모든 것들이 결국은 나만을 생각해서 한 행동이었던 셈입니다.

그러면서도 좋은 사람처럼 보이고 싶어서 겉으로는 고맙다고 말했습니다.

그러다가 생각이 바뀌었습니다. 제대로 나 자신에 관해서만 고민해보기로요.

열심히 하면 내가 기쁩니다.
남들이 기뻐해주면 더 기쁩니다.

주위 사람들을 위해서가 아니라 '내가 기쁘다'라는 기준에 따른 결과, 누군가가 기뻐해주면 더 기쁠 거라는 생각이 들었습니다.

누군가를 위해 일하면서 그들에게 고마워하는 마음을 강요하는 건 아닐까 하는 의문이 들었는데, 나 자신을 위해 일했더니 '이 일을 하게 해주어서 고맙다'라는 마음으로 변했습니다.

굉장히 기쁜 결과도 따라왔고요.

눈앞의 자신을 더욱 기쁘게 해주면 좋지 않을까요?

그러려면 에고로 가득한 삶을 살면 됩니다. 그것이 나를 기쁘게 하고 결과적으로 또 다른 나인 누군가를 기쁘게 하는 일이 되는 것이니까요.

해야만 하는 감사에서 마음에서 흘러넘치는 진짜 감사로.

감사는 해야 하는 것이 아니라 해버리는 것입니다.

'내가'를
그만두자

우리가 감사하지 않는 이유는 이런 굉장한 일을 해내는 자기 자신과 자신의 능력에 대한 확신이 있기 때문입니다.

그것은 달리 말하면 주위 사람들에게 기대지 않고, 그들을 신뢰하지 않는다는 말입니다.

이런 사람들은 평소에 불평불만을 늘어놓으며 세상을 자신의 발 아래로 내려다봅니다. 오만한 자세로 '내가 제일'이라고 생각하는 것입니다.

주위에 폐를 끼쳐서는 안된다고 스스로 마음을 닫아거는 경우도 있습니다.

하지만 때로는 타인에게 민폐를 끼쳐도 괜찮습니다. 마음을 열어 나의 약점을 드러내고, 자신의 힘을 과신하는 대신 주위 사람들을 믿고 그들에게 의지해야 합니다. 용기를 내어 그렇게 하는 순간, 감사는 '해야 하는' 것에서 '마음속에서 자연스럽게 흘러넘치는' 것으로 바뀝니다.

당신이 감사하지 않는 것은 바로 이런 용기가 부족하기 때문입니다.

또 누군가에게 폐를 끼쳐서 미움 받는 것이 두렵기 때문입니다.

'부탁하기 미안하니까' '폐를 끼쳐서 미움 받기 싫으니까' '내가 열심히 하면 되니까'….

우리는 그렇게 생각하면서 다른 사람의 도움을 거절하고 뿌리칩니다.

그런데요, 이건 결국 '내게 주어진 것을 받지 않는다'는 뜻입니다.

즉, 주위 사람들의 '선의'를 믿지 않는다는 의미죠.

그리고 '나는 그런 도움을 받을 자격이 없다' '그렇게 폐를 끼치면 미움 받는다'라고 굳게 믿고 있다는 의미이기도 합니다.

지금보다 더 남에게 의지하고 때로는 민폐를 끼쳐보세요.

그런 각오가 없으면 아무것도 변하지 않습니다.

그런 용기가 없으면 당신은 또다시 세상의 눈치를 보게 되고, 그렇게 눈치 보는 자신 때문에 괴로워하는 악순환이 반복될 겁니다.

조금만 용기를 내보세요.

그러면 마음속에서부터 감사하는 마음과 행복이 흘러넘치게 될 겁니다.

다른 사람에게
더 의지해보자

남의 부탁을 거절하지 못하는 사람은 자신이 남에게 거절을 당하면 사소한 것 하나까지 상처받습니다. 그래서 절대 남에게 부탁을 하지 않습니다.

한편으로는 남이 자신에게 폐를 끼치는 것도 참지 못합니다. 그래서 자기는 절대 그러지 말아야겠다는 생각에 혼자 애쓰면서 아무도 도와주지 않는다며 불평을 토로하기도 합니다.

사실은 오히려 그게 더 민폐인데 말이죠.

신뢰라는 건 서로 폐를 끼치면서 서로 돕는 것입니다.

만약 좋아하는 사람이 있다면 좋아하는 사람이니까 더 의지해보면 어떨까요?

그 사람에게 더 의지하면서 도움을 받고 더 나아가 나를 위해 일하도록 하는 겁니다.

그렇게 하면 그 사람도 분명 기뻐할 것입니다.

물론 가끔은 귀찮아할 수도 있지만 그건 자연스러운 일이니 괜찮습니다.

당신도 누군가가 의지해오면 기쁘지 않나요?

때로는 성가시기도 하지만 그건 자연스러운 일입니다.

제대로 다른 사람에게 의지하고 제대로 타인의 요청을 거절해보세요.

거절하는 게 나쁜 일은 아닙니다.

어쩔 수 없이 다른 사람의 부탁을 거절하지 못하고 들어주고 말 때, 그 이면에는 죄책감과 결핍감, 나는 무가치하다는 생각이 자리 잡고 있습니다.

들어주지 않으면 미안하다, 미움 받고 싶지 않다, 부탁을 들어주지 않으면 이곳에 있을 수 없다는 생각들이죠.

그래서 결국 '하지 않으면 안 된다'고 생각하며 혼자서 열심히 노력합니다.

즉, 머릿속으로 자기 자신을 감시하는 것입니다.

죄책감, 결핍감, 무가치하다는 생각이 없으면 우리는 얼마든지 자유롭게 살아갈 수 있습니다. 그런 생각은 단지 망상에 불과하다는 걸 깨닫고 용기를 내면 두려움은 기쁨으로 바뀔 것입니다.

스스로를
하찮게
보지 마라

우리가 지닌 존재의 가치는 어느 정도일까요?

만일 내가 아무 가치도 없고, 아무런 도움도 되지 않는 사람이라면 한 달에 얼마 정도의 보상이 적당하고 생각하나요? 혹시 그런 생각을 해본 적이 있나요?

저는 '나는 이 정도의 가치가 있는 사람이다'라고 자신을 스스로 인정해주는 정도의 가치를 '존재급'이라고 부릅니다.

본래 모든 사람들은 존재급이 높습니다.

그런데 어느 사이엔가 자신의 존재급이 낮다고 착각하고는 그것을 위로 끌어올리려고 애씁니다. 그런데 그럴수록 존재급은 더 낮아집니다.

열심히 하는 만큼 성과를 얻을 수 있다. 그렇게 믿고 열심히 하는 사람일수록 자기 능력이 뛰어나서 성공했다고 생각합니다. 그런 사람은 자기 힘으로 해결하지 못하는 일이 생기면, 자신을 쓸모없는 존재라고 여기며 더욱 외부의 도움을 거부합니다.

저도 그런 사람 중의 한 명이었습니다. 그런데 이렇게 주변의 도움을 거부하는 사람은 금방 한계가 찾아옵니다. 그래서 더 이상 앞으로 나아갈 수 없게 됩니다.

지금까지 '노력가'로 살아온 사람이 갑자기 게으름을 피우거나 주위 사람들에게 도움을 청할 가능성은 거의 없습니다.

그런 사람은 언제까지나 '자력'으로 살아갑니다.

하지만 이것은 알고 보면 자신의 가치를 믿지 않는 것입니다.

열심히 하지 않고 있을 때의 자신의 매력을 믿지 않는 것입니다.

나라는 사람의 존재가치를 너무나 하찮게 보고, 지나치게 과소평가하는 것입니다.

거기에는 '상대방은 나에게 친절해야만 한다' '상대방은 나보다 능력 없다'라고 믿는 오만함이 있습니다.

만약 열심히 했는데도 일이 잘 안 풀린다면 이제는 생각의 패러다임을 바꿔야할 때입니다.

꾸미지 않은 원래의 자기 모습으로 돌아간다 → 셀프 이미지(자기 평가)를 높인다 → 존재급을 원점으로 되돌린다.

이것은 지금까지 믿지 못했던 자신의 진정한 매력을 깨닫는 일인 동시에 절대적인 외부의 도움을 깨닫는 일이기도 합니다.

다른 사람을 기쁘게 해주지 못해도 남에게 도움이 되지 않아도 일에 별다른 성과가 없어도 당신의 존재가치는 변하지 않습니다.

나는 가치 있는 존재다, 나는 훌륭한 사람이다, 잘하지 못해도 사랑받고 도움 받을 수 있는 사람이다. 스스로 그렇게 믿어보는 겁니다.

그런 믿음을 갖고 주위 사람들에게 더 도움을 청하고 사양하지 않고 그들의 도움을 받아들입니다.

그것을 미안하다고 생각하지 않는 마인드.

민폐를 끼치는 용기.

이것이 본래 내가 가진 높은 가치를 깨닫는 방법입니다.

자기를 하찮게 여기지 않고 과소평가하지 말아야 기분 좋

게 살아갈 수 있습니다. 그래야 주위에 도움이 되고 주위 사람

들을 웃게 만들 수 있습니다.

5장

바꾸어가기

우리는 우리의 상식에서 벗어난 행동을 하는 사람을

도리에 어긋났다고 여깁니다.

그들은 거리낌 없이 우리의 허물을 북북 찢어버립니다.

우리는 그들 앞에서 혹시라도 허물이 벗겨질까 두려워하며

잔뜩 움츠리고 있을 뿐이죠.

그런데 알고 봤더니 어리석다고만 여겼던 그들은 아무런 '죄악감' 없이

저 위에서 자유롭게 살고 있습니다.

우리는 아래에서 두려움과 죄악감에 붙잡혀 고통 받고 있는데 말이죠.

어느 날 최악이라고 여겼던 그들이 저 높은 곳에서 이곳으로 오라고

당신을 계속 부릅니다.

당신은 어떤 선택을 하겠습니까?

낮은 곳에
있기 때문에
비굴해진다

인생은 고층 빌딩입니다.

거기에는 38층이나 10층도 있고, 지하 2층도 있습니다. 빌딩 안은 38층의 나와 10층의 나, 지하 2층의 나가 동시에 존재하는 평행세계(Parallel World)입니다(38이나 10이라는 숫자는 개념일 뿐 특별한 의미는 없습니다).

38층에는 38층의 나와 38층의 주민 A씨가 살고 있으며, 지하 2층에는 지하 2층의 나와 지하 2층의 주민 A씨가 삽니다.

어느 층에 살 것인지 하는 결정에 따라 우리도 눈앞의 A씨도 바뀝니다. 완전히 다른 사람이 되는 것입니다.

지하 2층에서 38층으로 올라가면 '시점'이 바뀝니다. 38층은 단순히 윤택하게 생활할 수 있는 고층이 아니라 '의식'과 '시점'이 바뀌는 곳입니다.

위로 올라갈수록 '객관성'과 '시야'가 넓어집니다.

반대로 저층의 생활은 마치 소용돌이 안에 있는 것과 같습니다.

소용돌이 안에서는 보이지 않던 출구와 해답이 고층에 올라서면 마치 새가 아래를 내려다보듯이 똑똑히 잘 보입니다.

저층에서는 눈앞의 일만 보이기 때문에 시야가 좁아져 쉽게 불안해지고 현실에 휘둘리게 됩니다.

마루에 바짝 엎드려 있으면 작은 쥐가 커다란 맹수로 보이지만, 높은 곳에 올라서면 쥐는 그저 작디작은 점으로 보일 뿐입니다.

이처럼 높은 곳에서 바라보면 내가 처한 상황과 관찰하고
자 하는 대상을 이성적으로 판단할 수 있습니다. 그곳에서는
가벼운 마음으로 편하고 즐겁게 있을 수 있습니다.

높은 곳에 있으면 자신과 타인의 관계에 대해서도 객관적
으로 볼 수 있습니다.

어떤 문제가 생겼을 때 만약 위에서 아래를 내려다보는 것
이 가능하다면 지금의 고민은 눈앞의 작은 일에 휘둘리는 것
일 뿐이고, 그저 과거의 일에 우롱당하고 있을 뿐이라는 사실
을 깨닫게 됩니다. 그러면 더 이상 괴롭지도 고통스럽지도 않
습니다.

높은 곳(시점)은 우리가 안심하고 안전하게 머물 수 있는 장
소입니다.

그곳에 있으면 괜한 의심이나 쓸데없는 불안에 근거한 말

이나 행동에 말려들지 않을 뿐더러 불필요한 싸움이나 경쟁에 휩쓸리지도 않습니다.

낮은 곳(시점)에서 두려움을 안고 불안해하며 살아갈 것인지, 높은 곳(시점)에서 안심하며 안전하게 살아갈 것인지는 당신의 선택입니다.

우리 안에는 '10층의 나'와 '38층의 나'가 동시에 존재하고 있으며, 어느 것을 선택할지는 당신의 자유입니다.

비굴하게 상대를 의심하면서 마음이 꼬인 채로 살아갈 것인가, 당당하고 즐겁게 나 자신과 남을 믿으며 살아갈 것인가. 당신이라면 어느 쪽을 선택하시겠습니까?

시점의 높이는 '자기 가치'의 높이이기도 합니다.

자기를 가치 없는 사람으로 여기면 비굴해지고 '어차피'라는 생각에 휩싸이게 됩니다.

부당한 일을 당해도 꾹 눌러 참고 혼자서만 애쓰고 고생하는 거죠. 그러면서 남의 성공을 부러워하고 시기하며 자신의 처지를 원망하고 불평불만을 늘어놓지만 자기의 진짜 속내는 감춥니다.

이렇게 살면 늘 불안하고 짜증나고 남을 의심하기 때문에 자신에게 주어진 여유로움과 풍족함을 받아들일 수 없습니다. 그리고 이런 상황을 해결하기 위해 계속 열심히 하는 수밖에 없습니다.

하지만, 당신에게는 더 어울리는 장소가 있습니다.

당신은 더 소중한 대우를 받으면서 풍족함을 누릴 자격이 있습니다.

"나는 이 정도의 위치가 괜찮아, 여기가 좋아. 낮은 게 왜 나쁘다는 거지?"

그렇게 억지를 부리고 강한 척하면서 당신에게 주어진 것을 받아들이지 않으려고 고집을 피울 때가 아닙니다.

혹시 그렇게 말하면서도 슬며시 38층을 꿈꾸고 그곳을 목

표로 삼고 있지는 않나요?

지금 내가 하는 말에 반감이 들 수도 있지만 일단 들어봐주세요.

지금 당신이 있는 10층은 좋은 곳이 아닙니다. 그곳은 당신이 원래 가지고 있는 진짜 모습을 억누르는 장소일 뿐입니다.

당신은 10층에서 무언가가 주어지기만을 기다리고 그렇게 얻은 것을 믿습니다.

주어지지 않는 것에 불평을 하면 생각이 그대로 멈추어버립니다.

이것은 본래 타고난 당신의 역할이 아닙니다. 당신은 훨씬 더 크고 훌륭합니다. 그러니 자신의 훌륭함을 깨닫고 더 높은 38층으로 올라가야 합니다.

위로 올라갈 수
없는 이유

38층으로 올라갈 때 가장 중요한 키워드는 '죄악감을 버리는 것'입니다.

의식, 악의, 비굴함, 죄악감이 많을수록 우리의 몸은 무거워집니다. 그러므로 가벼워지기 위해서는 당신이 끌어안고 있는 무거운 죄악감을 손에서 놓아야 합니다.

우리는 모두 태어날 때는 분명 100층 정도에 사는 주민들이었습니다. 그런데 어른이 되고 조금씩 세상의 이치를 알게 되면서 '두려움'과 '죄악감'이라는 무거운 짐을 짊어지고 한 계단 한 계단씩 아래로 내려오게 된 것입니다.

'어차피'라는 말을 입에 달고 사는 어른이 될수록 더 아래로 내려오게 됩니다.

양손과 양다리에 두려움과 죄악감을 매달고 제대로 몸도 가누지 못하는 처지이면서도 "원래 이런 거야" "그래도 난 행복해"라며 100층의 일은 완전히 잊어버립니다. 그러고는 무거운 짐을 끌어안은 채 어떻게 하면 한 층이라도 더 올라갈 수 있을까, 어떻게 하면 남들보다 더 위로 올라갈 수 있을까 고민하면서 그저 열심히 노력한 자신에게 만족해합니다. 그러면서 당신보다 훨씬 위층에 살고 있는 사람은 '상식이 없는 사람' '교활한 사람' '제대로 된 일을 하지 않는 사람' '수상한 사람'이라고 부정하고 가까이 하지 않으려 합니다.

저에게도 10층에 머물던 때가 있었습니다. 그때 저는 10층

주민들 사이에서 두각을 나타내려면 얼마나 더 노력해야 할지, 10층을 내려다볼 수 있는 위치로 올라가려면 얼마나 더 열심히 해야 할지, 그것만을 생각하고 그렇게 되기 위해 애쓰고 노력했습니다.

고층 빌딩의 계단에서 노력하기를 멈추는 순간, 그대로 미끄러져서 아래로 나동그라질 거라고 믿었습니다.

그래서 10층에서 기를 쓰고 노력해 12층까지 올라간 후에도 노력을 멈추지 않았습니다.

그런데 이게 웬일입니까? 어느 순간 악착같이 매달려 애쓰던 것을 그만두었더니 손쉽게 스윽 위로 올라가는 겁니다. 될대로 되라며 포기했는데 떨어지기는커녕 위로 올라갑니다.

이제까지 미끄럼틀이라고 생각했던 것은 사실 두려움과 죄악감이라는 무거운 짐을 짊어진 내 몸이었던 것입니다.

그때부터 저는 하나씩 하나씩 짐을 내려놓았습니다.

그랬더니 이제는 꽤 높이 떠오를 수 있게 되었습니다.

생각이
현실이 되고 있는
것뿐이다

내가 바랐던 일이 현실이 된다면 그건 운이 좋은 것입니다.

그러나 실제로는 내가 바라던 미래가 현실이 되는 것이 아니라 나에게 어울리는 현실이 지금 일어나고 있을 뿐입니다.

지금까지도 그랬고 앞으로도 계속해서 그럴 것입니다.

내가 10층에 살기 때문에 10층의 주민들과 마주치고 10층의 상황을 겪는 것입니다. 단지 그뿐입니다.

만약 38층에 가고 싶으면 38층 사람들의 사고방식을 파악한 후 그에 따라 행동해야 합니다.

그들이 무엇을 입고 먹는지, 어떤 사람들과 교제하는지, 어디에 자주 가는지, 어떤 태도나 행동거지를 하는지 등등을 잘 살펴보고, 그중에서도 특히 그들의 행동에 주목해야 합니다.

그들은 무엇을 하고 무엇을 하지 않는가?

그렇게 관찰하고 깨달은 것을 따라하다 보면 어느 사이엔가 38층의 지금을, 38층의 일들을 만나게 됩니다.

만약 10층에 살던 그대로 아무 준비없이 38층으로 간다면 어떻게 될까요?

그렇게 되면 아마 당신만 힘들어질 것입니다. 마음이 심란해져서 도저히 그곳에서 생활할 수 없을지도 모릅니다.

그대로 있기에는 불편하고 어딘가 꾸며낸 듯한 느낌이 들어서 도망치고 싶어질지도 모릅니다.

그래서 많은 10층의 주민들이 38층이 좋다고 말하면서도 그곳을 선택하지 않는 것입니다.

"나는 10층으로 충분해" "38층 따위는 부럽지 않아"라고 말하면서 말이죠.

때로는 "38층 사람들은 불쾌해. 늘 사람을 아래로 내려다본다니까" 하고 불평하는 사람도 있습니다.

어쩌면 10층을 떠나 38층에 살기로 결심하는 것은 상당한 각오가 필요한 일일지도 모릅니다.

자신이 그 장소에 어울린다는 것을 보여주기 위해서는 거기에 어울리는 일관된 말과 행동이 필요하기 때문입니다.

물론 38층만 좋고 10층은 별 볼일 없다는 것은 아닙니다.

고층빌딩 안에도 다양한 높이의 층이 있고, 그것을 당신이 선택할 수 있다는 사실을 깨닫는 것이 중요합니다.

만약 당신이 38층 대신 10층을 선택한다고 해도 스스로 자유롭게 살겠다는 각오를 한다면 38층 못지않은 높은 곳의 주민이 될 수 있습니다.

스스로
정하자

저는 지금까지 줄곧 10층 정도의 높이에서 살아왔습니다. 그러다가 몇 년 전 비난받을 각오를 하고 단숨에 38층으로 올라가기로 결심했습니다.

그곳이 내게 어울린다고 생각하기로 결심할 것인가 말 것인가, 저에게는 단지 그런 문제였을 뿐입니다.

지금보다 앞으로 나아갈지 말지는 스스로 정하는 것입니다. 다른 사람이 앞으로 나가지 못하도록 당신을 멈춰 세우는 것이 아닙니다.

마음을 정한다, 결심한다, 각오한다.

이 말은 앞으로 좋은 일이 있거나 반대로 나쁜 일이 닥쳐도 모두 기꺼이 받아들인다는 뜻입니다. 저는 그렇게 결심하고 하고 싶은 일을 향해 과감히 뛰어들었습니다.

하고 싶은 일을 하기 위해 나에게 익숙한 패턴을 깨고 새롭게 도전하기로 결심한 것입니다. 실패하고 비웃음을 당해도, 사람들이 화를 내고 싫어해도, 슬프거나 분한 마음이 들어도 그 모든 것을 전부 받아들이기로 각오했습니다.

권투선수가 배에 강렬한 펀치를 맞고도 견딜 수 있는 것은 자신을 향해 주먹이 날아올 것을 미리 대비하고 있기 때문입니다. 즉, 주먹으로 맞을 각오를 하고 힘을 주어 자세를 잡고 있는 거죠. 이처럼 미리 자세를 잡고 대비하면 꽤 강력한 펀치도 받아낼 수 있습니다.

반대로 아무리 튼튼한 사람이라도 아무 준비 없이 공격을 받으면 속수무책으로 당하는 법입니다.

각오한다, 결심한다는 것은 그렇게 배에 힘을 꽉 주고 닥쳐올 일을, 그것이 좋은 일이든 나쁜 일이든 모두 받아들이는 것입니다.

그렇게 결심한 순간, 어떤 어려움이 닥쳐도 의연하게 받아낼 수 있습니다.

우리가 다음 단계를 향해서 나아갈 때 근본적으로 그곳은 '미지(未知)의 세계'입니다.

즉, 상상조차 할 수 없는 세계이고 두려움과 즐거움을 동시에 품고 있는 곳입니다.

당신은 새로운 세계로 나아갈 준비를 마치고 이렇게 말합니다.

각오를 하자. 결심을 하자. 더 이상 도망치지 말자.

그렇게 당신의 인생은 바뀝니다.

만약 당신이 전혀 각오가 돼있지 않으면 이런 생각이 들 것입니다.

잘 하자. 탈 없이 지나가자. 파문을 일으키거나 고생하지 않고 인생의 바다를 건너자.

솔직히 말하면, 저 역시도 줄곧 그래왔습니다.

상처받지 않고 잘 해내려고 하거나, 돈을 안 쓰고 벌려고 하거나, 싸우지 않고 지키려 하거나, 위험은 부담하지 않으면서 실익만 거두려고 했습니다.

그런데 각오를 한다는 건 그런 것이 아닙니다.

양발을 벌려 굳건하게 버티면서 배에 힘을 주고 눈을 감아 호흡을 가다듬고 의식을 집중한 다음, '자 덤벼! 역경아 덤벼라!'라고 외치며 현실을 받아들이는 것입니다.

그러면 거센 파도도 더 이상 거센 파도가 아니게 됩니다.

고민과 괴로움도 마치 게임을 하는 것처럼 가볍게 느껴집니다.

그래서 결국은 평온한 인생을 즐길 수 있게 됩니다.

평온한 사람은 고민이 없는 것이 아니라 그저 조용히 받아들일 각오를 하고 있을 뿐입니다.

심리요법이나 테크닉, 혹은 잠재의식의 차원이라고 말하는 사람도 있지만 그런 것과는 완전히 차원이 다른 세계입니다.

제가 사람들에게 알리고 싶은 것도 바로 이렇게 모든 것을 받아들이는 본연의 자세입니다.

결심한다는 것은 잠재의식이 아닌 의식의 차원입니다.

스스로 그렇게 하기로 선택했기 때문에 그것이 자신의 삶의 방식이 되는 것입니다.

그것이 바로 나답게 살아간다는 뜻입니다.

6장

모든 게

기분 탓

상대로부터 불쾌한 일을 당했다. 상대가 그 일을 해주지 않았다.

우리가 타인에 대해 갖는 원망이라는 것은 대개 이 두 가지입니다.

이것을 하나로 합친 것이

'당연히 받아야 하는 사랑을 못 받았다'라는 것이고요.

당신은 그 사실을 용서하지 못하고 몇 년째 계속 토라져있습니다.

그래서 시간이 '그때'에 멈추어 흘러가지 않는 겁니다.

시간이 멈추어있는 탓으로 당신은 즐거운 일도 좋은 일도 볼 수 없습니다.

스스로 자신의 인생을 무의미하게 만들어버린 거죠.

'지금 나를 가장 손해 보게 하는 사람은 바로 나.'

'지금 나를 가장 소중히 여기지 않는 사람은 바로 나.'

정말 안타까운 사실이지만 이것이 진실입니다.

모두
마음대로
상처받는다

상대방을 아무리 비난하고 화를 내도 아무것도 바뀌지 않습니다.

그 이유는 당신이 상처받은 원인이 상대방이 아닌 당신 자신에게 있기 때문입니다.

즉, 당신은 스스로 영사기(映寫機)가 되어 만들어낸 영화를 보고 있는 것뿐입니다. "대체 왜 이런 영화를 튼 거야!"라며 화를 내봐도 "그 영화를 트는 사람은 당신이에요"라는 답변이 돌아올 뿐입니다.

왜 당신이 그 영화를 틀고 있다고 하는 걸까요?

바보취급을 당한 (기분이 들었다).

하찮은 사람 취급을 당한 (기분이 들었다).

이해받지 못하는 (기분이 들었다).

도움이 안 되는 사람이 된 것 같은 (기분이 들었다).

일이 잘 안 풀리는 것 같은 (기분이 들었다).

홀로 버려진 것 같은 (기분이 들었다).

이처럼 문제의 뒷면에는 이런 당신의 기분이 소용돌이치고 있기 때문입니다. 그래서 슬퍼지기도 하고 화가 나기도 하고 분하기도 하고 무서워지기도 하는 것입니다.

사실 당신은 문제가 생겼을 때 습관적으로 먼 옛날에 느꼈던 그 기분을 다시 떠올리고 싶은 겁니다.

그러고는 스스로 "역시 나는…" "어차피 난…"이라며 사실을 확인하고 싶은 것뿐입니다.

그러면서 그 조건을 벗어난 자신에 대해서는 일부러 함부로 대하면서 숨기는 거죠.

바보취급을 당한 기분이 들었다.

하찮은 사람 취급을 당한 기분이 들었다.

이해받지 못하는 기분이 들었다.

도움이 안 되는 사람이 된 것 같은 기분이 들었다.

일이 잘 안 풀리는 것 같은 기분이 들었다.

홀로 버려진 것 같은 기분이 들었다.

단언하는데, 이 모든 게 전부 기분 탓입니다.

당신 마음대로 그런 기분을 느끼고 있을 뿐입니다.

기분은 기분일 뿐 사실이 아닙니다. 누구도 당신에게 그런 말을 하지 않았습니다.

자기 말고는 아무도 그런 생각을 하지 않았습니다.

그런데 바로 이런 기분 탓으로 대인관계에 문제가 생기기도 합니다.

어릴 적에 마음속에 심었던 "역시 나는…" "어차피 난…"이라는 씨앗을 양지바른 곳에 두고 때마다 정성스레 물을 주고 아주 소중히 키워온 탓입니다. 그 결과 작은 씨앗은 지금은 어마어마하게 커져서 꽃을 피우고 말았습니다.

상대방에게는 당신에게 상처를 주겠다는 나쁜 마음이 없었습니다.

전혀 그럴 의도가 없는데도 당신 혼자 그런 기분이 들고 거슬릴 뿐입니다.

그저 우연히 당신 앞에 있는 지뢰가 폭발했을 뿐입니다.

어쩌면 그 지뢰조차도 당신의 기분 탓일지 모르죠.

어릴 때 멋대로 착각해서 잘못 믿었던 기분 탓에 자기 주변에 지뢰를 심어두고는 마음대로 상처 받고 있는 것입니다.

비난받았다고, 싫은 일을 당했다고, 신경써주지 않았다고 느꼈나요?

그건 모두 한때의 기분 탓입니다. 그러니 너무 상처받지 않아도 괜찮습니다.

'불쌍해'라는
마음

당신이 어떤 상황을 보고 '저 사람, 정말 불쌍하네' '아버지와 어머니는 늘 부부싸움만 하다니 참 불행하구나'라고 생각하며 측은해하면, 거기서 '불쌍해'라는 마음이 생겨납니다.

그 마음은 당신의 생각과 눈빛을 양분 삼아 몸집을 키워갑니다.

그리고 당신에게 세상의 불쌍한 면만을 보여줍니다.

누군가 즐거워하는 모습을 봐도 당신에게는 그것이 애써

씩씩한 척하는 것처럼 보입니다.

이 '불쌍해'라는 마음은, 당신의 죄의식이 만들어낸 요괴입니다.

도움이 되지 못했다, 기대에 부응하지 못했다, 고생시키고 말았다, 가엽다라고 생각하는 죄의식이 만들어낸 것입니다.

그것은 '사랑'이나 '효도'라는 이름으로 우리의 죄의식을 계속 자극합니다.

부모님께 효도해야 해.

슬픈 마음이 들게 해서는 안 돼.

고생시키면 안 돼.

성공해서 돌아가는 착한 아이가 돼야 해.

자랑스러운 딸이어야 해.

당신의 내면에서 누군가를 행복하게 해주고 싶다는 마음이 끓어오르고 있다면 거기에는 '불쌍해'라는 마음이 있는 것일지도 모릅니다.

그러면 어떻게 하면 좋을까요?

'불쌍해'라는 마음에게 먹이를 주지 마세요.

그것은 자기가 좋아서 그렇게 하고 있는 것뿐입니다.

불쌍해 보여도 사실은 꽤나 행복합니다.

다만 그곳에 있는 것이 마음이 편해서 거기서 움직이지 않으려고 하는 것입니다. '불쌍해'라는 마음은 불평하는 것만 좋아하고 즐거워합니다.

남을 위해 애쓰고 고생하는 일로 '나는 도움이 되고 있다'고 느끼면서 행복을 맛봅니다.

마치 역경을 이겨내고 괴로움을 참는 데서 쾌감을 느끼는 마라톤 선수처럼 말이죠.

누군가 괴로운 일을 겪고 있다거나 역경에 처해 애쓰고 있다면 불쌍하다고 생각하지 말고 그냥 그 상황을 있는 그대로 인정해주면 됩니다.

그렇게 당신 눈앞의 일들을 바라봐주세요.

그러면 불쌍한 얼굴을 하고 있던 요괴는 잔뜩 찡그린 표정을 버리고 행복하게 웃습니다.

'불쌍해'라는 마음은 그저 당신의 머릿속에 자리 잡고 있을 뿐이라는 걸 명심하세요.

괜찮다고
믿어본다

우리 주변에서는 날마다 여러 가지 일들이 일어납니다. 저는 그럴 때마다 무의식중에 그 일의 의미에 대해서 생각합니다. 컨디션이 좋을 때는 '이 일에 어떤 의미가 있는 걸까?'라고 묻고, 컨디션이 안 좋을 때는 '무엇이 문제였던 걸까?'라고 묻습니다.

그런데 이미 일어난 일에 대해서 '어디가 나빴던 걸까?'라고 물어도 답은 나오지 않습니다. 왜냐하면 거기엔 정답이 없으니까요.

우리 주변에서 일어나는 '좋지 않은 일'이란 마치 유령의 집에서 마주치는 귀신같은 것입니다.

유령의 집에서 귀신을 마주치면 "무서워, 꺄악-! 이제 그만해"라고 외치면서 그다음 단계로 넘어가면 그만입니다. "이 귀신, 어떻게든 처리해야지" "왜 여기에 귀신이 있는 거야?" 하면서 그 자리에 멈춰 서서 생각할 만한 일은 아닌 거죠.

앞은 암흑인데 갑자기 귀신이 나타나면 당연히 불쾌합니다. 기분 나쁜 감촉에 '어떻게든 해결하고 싶고' '어떻게든 물리치고 싶은' 마음이 들겠지만, 그렇게 하려면 결국 빨리 벗어나고 싶은 장소에서 계속 머물러야 합니다.

그러니 우리 주변에서 일어나는 '좋지 않은 일'은 그냥 갑자기 귀신을 만났을 때처럼 무시하고 지나쳐 버리면 그만입니다.

만일 이미 일어난 좋지 않은 일에 의미가 있다고 한다면, '그래도 나는 괜찮아' '그러니까 안심하고 즐겁게 지내자'라는 깨달음을 얻는 일일지도 모릅니다.

정신력이 강하다는 것은 어떤 일을 '견딜 수 있다'라는 뜻이라기보다는 '흘려보낼 수 있다'라는 뜻입니다. 나쁜 일을 흘려보낼 수 있는 유연함이란 '잘 될 거야'라는 근거 없는 자신감이고, 그 자신감은 '무슨 일이 있어도 괜찮다'고 자기 자신과 다른 사람을 믿는 힘입니다.

당신은 아마 "어떻게 하면 그렇게 믿을 수 있나요?"라고 물을 테지요.

그 방법은 이렇습니다. 어떤 일이 일어났을 때 초조해하거나 당황해하지 말고 어떻게든 해결하려고 발버둥 치지도 않는 겁니다. 그렇게 해서 '괜찮다'는 걸 직접 체험하면 나와 다른 사람을 믿을 수 있습니다.

문제가 생겼을 때 용기를 내서 직접 체험해보면 분명히 알 수 있습니다.

사실은 아무것도 안 하고 그냥 내버려두어도 문제는 해결

되는데, 우리가 해결하려고 발버둥을 쳐서 늦어지는 것입니다. 또 막상 해결됐을 때는 죽을 고생을 해서 노력했기 때문이라고 착각해버립니다.

사실은 내버려두었으면 더 빨리 순조롭게 해결됐을 텐데, 발버둥 치면서 마구 휘젓는 바람에 늦춰진 것뿐인데 말이죠.

괜찮다고 믿고 안달복달하지 말고 당황하지 말고 어떻게든 해결해보려고 하지 말아보세요. 그 사람을 믿고 나 자신도 괜찮다고 믿는 겁니다.

7장

나의 즐거움이 먼저

'보상받는 노력'이란 당신이 하고 싶은 일을 열심히 하는 것입니다.

'보상받지 못하는 노력'이란

당신이 하고 싶지 않은 일을 참고 하는 것입니다.

전자의 경우에는 피곤하지도 않고 애쓴다는 생각도 들지 않지만, 후자

의 경우에는 일이 잘 안 풀리는데다 피곤하기만 합니다.

하고 싶은 일을 열심히 하면 다른 일들도 흐름을 타고 잘 풀립니다.

더 나아가 열심히 하던 일을 그만두어도 타력의 힘에 의지해

더욱더 일이 잘 풀립니다.

그러면 하고 싶지 않은 일을 참고 하는 경우는 어떨까요?

이것도 로켓을 우주로 쏘아 올릴 때처럼

일을 추진하는 '원동력'으로는 좋습니다.

분노와 슬픔, 질투 같은 부정적인 에너지에서

더 센 파워가 나오는 법이니까요.

하지만 대기권을 빠져나간 후에는

제어가 되지 않아 결국 폭주해버립니다.

그래서 우리에게는 '노력의 교체'가 필요한 것입니다.

내면을
먼저
채운다

뭔가 굉장한 성과를 남길 수 있으면 분명 행복해질 거야. 신출내기 심리 상담사 시절에는 그렇게 믿었습니다.

제가 쓴 책이 베스트셀러가 되고 많은 사람들이 강연회에 찾아오는 등 일에서 괄목할 만한 '성과'를 거둔다면 분명히 행복질 것이라고요.

그렇게 믿고 열심히 노력한 결과 바라던 큰 성과를 얻고 거기서 행복감도 느꼈지만, 동시에 계속 행복하기 위해서는 끊임없이 성과를 내야한다는 사실도 알게 됐습니다.

'위에는 항상 그 위가 있다.'

이 사실을 깨달았을 때는 이미 계속 성과를 내야한다는 고통의 굴레에 빠져있는 상태였습니다.

외부의 욕구가 아무리 충족되어도 내면까지 채워지지는 않습니다. 즉, 대외적으로 성공했다고 해서 반드시 행복해질 수는 없다는 얘기입니다.

그래서 저는 지금까지 해온 것과는 반대로 행동해봤습니다.

그러자 내면이 풍족하게 채워지고 더 이상 외면을 충족시키기 위해 노력할 필요가 없어졌습니다. 왜냐하면 이미 충분히 행복하니까요.

내면을 채우면 자연스럽게 외면까지 풍요로워진다는 사실도 깨닫게 됐습니다.

내면이
원인이라면
외면은
결과입니다

그렇다면 어떻게 해야 내면을 채울 수 있을까요?

"나는 지금이 행복해."

"나는 훌륭해."

"나는 더 이상 꾸밀 필요가 없어."

"나는 이 모습 그대로 사랑받고 있어."

처음에는 이런 사실을 아는 것만으로 충분합니다. 진실을 깨닫는 것이니까요.

그다음에는 입 밖으로 소리 내어 말해보는 겁니다.

그러면 점차 자신의 말과 행동이 모두 변해가는 것을 느낄 수 있습니다.

사랑받으려고 노력할 필요가 없다.

굉장하다는 말을 들으려고 노력할 필요가 없다.

고객을 모으려고 노력할 필요가 없다.

돈을 벌려고 노력할 필요가 없다.

다른 사람의 마음에 들려고 노력할 필요가 없다. 그래서 아첨할 필요도 없다.

저는 이런 사실을 깨닫고 나서 지금까지 사랑받고 칭찬 듣고 고객을 모으고 돈을 벌려고 해왔던 일들을 모두 그만두었습니다. 그 뒤로는 싫어하거나 마음이 내키지 않는 일은 거절했습니다. 그런 다음 진짜 하고 싶은 일과 기분이 좋아지는 일만 하면서 만나고 싶은 사람하고만 만났습니다. 그랬더니 점점 현실이 달라졌습니다. 점점 더 행복감이 커졌던 거죠. 지금까지 살아온 방식과는 다르게 그야말로 제멋대로 살아봤습니다. 예전의 저였다면 결코 있을 수 없는 일이었겠죠.

내가 지금 어떤 성과를 내기 위해 움직이고 있는 것인지, 무엇을 걱정하고 염려해서 이런 행동을 하는 것인지를 깨닫고 그 일을 그만두는 것이 중요합니다. 이것이 스스로 행복해지기 위한 가장 중요한 방법이라는 것을 꼭 기억해주세요.

다른 사람을
기쁘게 하기 위해
노력하지 않는다

상담을 할 때 가장 중요하게 생각하는 것이 두 가지 있습니다. 바로 '해결하려고 하지 않는 것' '도와주려고 하지 않는 것'입니다.

저는 세미나와 강연회에서도 이 원칙을 지키고 있습니다. 즉, 남을 기쁘게 하거나 도움을 주려고 하지 말 것, 수강료로 받은 돈에 상응하는 가치를 제공하려고 애쓰지 않을 것.

일반적인 가치관과 상식에서 보면 "뭐라고요? 그게 무슨 소린가요?" 하고 상당히 의아하게 여길지도 모릅니다.

저도 예전에는 '남의 문제를 해결해주는 것' '서로 돕는 것' '누군가 웃을 수 있게 도와주는 것' '받은 금액에 상응하거나 그 이상의 가치를 제공하는 것' 등이 중요하다고 생각했습니다.

그리고 그러기 위해서 언제나 열심히 노력했습니다.

더 많은 사람들이 세미나와 강연회에 찾아왔으면 하는 생각에 "여러분의 문제를 확실히 해결해드립니다" "제 강연을 들으면 분명 좋은 일이 있을 거예요"라며 홍보하고, 심지어 "만약 만족하지 못한다면 전액 환불해드립니다"라는 말까지 하면서 최선을 다했습니다.

그때는 그게 옳고 당연히 그래야 한다고 생각했습니다.

그러나 지금은 전부 그만두었습니다.

왜냐하면 그것들이 나의 기준이 아니라 '타인이 기준'이라는 것을 깨달았기 때문입니다.

상대가 기뻐해주는 것, 상대에게 도움이 되는 것으로 나의 가치를 측정한다.

상대가 기뻐해주지 않거나 도움이 되지 않으면 나는 가치 없다.

그래서 상대가 만족하지 못했을 때는 죄책감에 '돈을 받을 수 없다'.

모두 타인을 기준으로 삼은 생각입니다. 그래서 일을 할 때도 대충 할 수 없고, 즐길 수 없으니 필사적으로 노력합니다.

'가치' '승인' '돈'이라는 타인의 평가를 얻기 위해서 내가 그들에게 먼저 그에 상응하는 것을 제공한다.

얼핏 생각하면 고객을 제일로 생각하는 것처럼 느껴지겠죠?

그런데 잘 생각해보세요.

타인의 평가를 얻기 위해서 내 쪽에서 먼저 제공한다는 것은 결국 어떻게 해서든 얻을 것을 염두에 두고 행동한다는 얘기입니다.

그렇게 남에게서 얻지 않으면 나(내 서비스, 내 상품)는 가치 없다.

남이 기뻐하지 않거나 도움이 되지 않으면 나는 가치 없다.

한마디로 말하자면, '자신감이 없다'는 것입니다.

우리는 사실 자신감이 없어서 열심히 노력합니다.

자신감이 없기 때문에 고객이 만족하지 못하면 죄책감을 느끼고 돈을 환불해줍니다.

정말 자신이 있다면 강연료를 환불할 이유가 없습니다.

연애와 결혼도 마찬가지입니다.

우리는 상대에게 최선을 다하고 그들을 돕거나 배려하는 것으로 사랑을 얻고 싶다고 생각합니다.

그런데 만약 상대에게 사랑을 얻지 못하면 어떻게 될까요?

그러면 나에게 사랑은 없습니다.

저는 이런 사람을 '진이 다 빠지도록 봉사만 하는 사람'이라고 부릅니다.

어찌된 일인지 당신이 그토록 잘 하는데도 상대는 당신을 싫어하고 멀어져갑니다.

그 이유는 당신이 상대가 갖고 있는 '가치' '승인' '평가' '돈'을 빼앗기 위해 잘 해주었기 때문입니다.

일, 연애, 결혼, 그리고 교우관계. 이 모두가 마찬가지입니다.

상대가 기뻐하는 일이 아니라 내가 즐겁게 할 수 있는 일을 할 때 상대방도 나를 찾고 함께 행복해질 수 있습니다.

그래서 저는 상담을 하면서 남을 돕거나 문제를 해결하기 위해 노력하지 않습니다. 그저 지금보다 편해질 수 있도록 사람들에게 긍정적인 사고방식을 알려줄 뿐입니다.

봉사하지 않는다.

도움을 주려고 하지 않는다.

기쁘게 하려고 노력하지 않는다.

이렇게 하는 것이 오히려 상대에게 도움이 되고 내가 원했던 결과로 이어집니다.

남의 일에 신경 쓰기 전에 자신의 일에 더욱더 신경쓸 것.

자신을 기쁘게 하고 자신의 마음을 채우는 일이 먼저입니다.

자기 자신을 먼저 생각하는 것이 결국은 남에게도 도움이 됩니다. 또 그것이 남이 기뻐해준 '대가'가 아니라 나의 기쁨의 상징이자 척도로서 많은 돈(애정, 승인)을 벌 수 있는 방법입니다.

'누군가를 위해서'라고 생각하는 것이 나쁘다는 말이 아닙니다.

하지만 만약 전제가 달라지면 기쁨이어야 할 일이 아첨이 돼버릴 수도 있습니다.

실적을 올리기 위해서, 사랑받기 위해서, 칭찬받기 위해서,

미움 받지 않기 위해서 등등 모든 게 상대의 인정을 얻기 위한 아첨이 돼버리는 거죠.

만약 내가 원하는 일을 흔쾌히 기쁜 마음으로 한다면 상대가 기뻐해주지 않는다 해도 상처받거나 화낼 일이 없습니다.

반면 누군가를 위해서 일하면 이미 자기 자신을 잃어버린 상태이기 때문에 작은 일 하나에도 상처받고 스스로를 비난하고 상대방을 추궁하고 다시 아첨하는 그런 악순환에 빠져버립니다.

'나는 훌륭하다'라는 전제에서 시작할지, 아니면 '나는 자신 없다'라는 전제에서 시작할지에 따라 나라는 사람에 대한 인식이 달라진다는 점을 명심하세요.

시작점이
결승점

지금 돈을 벌고 있는 사람에게도, 앞으로 돈을 벌고 싶은 사람에게도 돈이란 참 골칫거리입니다.

그런데 좀더 자세히 들여다보면 사실 이것은 자신의 '가치와 매력'에 대한 문제라는 걸 알 수 있습니다.

즉, 나에게 얼마만큼의 가치가 있고 매력이 있는가 하는 '자신감의 양'이 바로 '돈의 양'이 됩니다.

자신감은 다른 말로 하면 '얼마나 인생을 즐기고 있는가'

'얼마나 풍요로운 인생을 보내고 있는가' 하는 것입니다.

여기에 돈은 직접적으로 상관이 없습니다.

많은 돈을 벌어서 인생이 풍요로워지는 것이 아니라 마음이 풍요로우면 그만큼 수입이 늘어나는 것입니다.

즉, 마음이 여유롭고 풍요로우면 그 상징으로서 돈의 양이 늘어납니다.

"저는 그 정도로 여유롭지 못해요. 돈이 많지 않거든요."

"돈이 없어서 더 이상 못 사요."

이렇게 말하는 사람은 오로지 돈과 이해손실만 생각하면서 사는 사람입니다.

이런 사람들은 '돈이 없다 = 나는 가치가 없다'라고 믿으면서 매일 그런 생각을 복리처럼 불려갑니다.

마음이 여유롭지 않다는 것은 무언가가 '없다'라는 생각에 얽매여 아무것도 즐기지 못한다는 의미입니다.

또 저런 말들을 한다는 건 세상의 시선에 얽매여 전혀 인생을 즐기지 못하고 있다는 신호입니다.

　내 마음이 여유롭고 풍요로워지면 돈은 자연스럽게 수중으로 들어옵니다.

　마음이 편안하고 풍요로운 생활을 누리기 위해서 돈을 벌어야 한다는 것은 앞뒤가 뒤바뀐 것입니다.

　내 마음이 여유로워졌다.(현실에 만족)

　= 이미 여유롭다는 사실을 깨달았다.

　= 이미 많은 것들을 누리고 있다는 사실을 깨달았다.

　= 돈을 신경 쓰지 않고 인생을 즐길 수 있게 되었다.

　= 결과적으로 연봉이 오르고 더 많은 돈을 벌게 되었다.

　사실은 이런 순서가 맞는 것입니다.

　당신이 '돈을 벌고 싶다'라고 생각하는 건 현재의 상황이 불만스럽다는 뜻입니다.

즉, 현재의 상황이 불만스럽다(시작점) → 어떻게든 해결하고
싶다(행동) → 여전히 불만스럽다(결승점)로 이어집니다. 그러면
반대의 경우는 어떨까요? 이 경우에는 현재의 상황이 만족스
럽다(시작점) → 무언가를 더 할 필요가 없기 때문에 즐거운 일
을 한다(행동) → 더욱 더 즐겁고 만족스럽다(결승점)라는 식으
로 이어지면서 만족감이 더욱 커집니다.

"현재에 만족할 수 없기 때문에 어떻게든 해결하고 싶다"고
말하는 사람은 많습니다. 그렇지만 그런 사람들은 지금 자신
이 갖고 있는 것, 자신에게 주어진 것을 알아차리지 못하고 있
을 뿐입니다.

당신의 눈에 안 보인다고 해서 아무것도 없는 건 아닙니다.
눈에 보이지 않는다며 당신에게 주어진 것들을 알아차리지
못한다면 여유로운 마음과 풍요로운 삶은 절대 찾아오지 않
습니다.

이런 불만족스러운 상태를 해결하기 위한 방법 중 하나로 '감사하기'가 있습니다.

당신은 현재의 상황이 불만스러운데 감사하는 게 가당키냐 하냐고, 억지에 불과하다고 불만을 토로할지도 모릅니다.

그럼에도 저는 일단 감사하기를 실천해보라고 권유하고 싶습니다. 그러면 지금까지 관심 없던 것에 주의를 기울이게 되면서 당신이 원하던 것을 발견할 수 있을 것입니다.

8장

원래 행복하다

"행복해!" "고마운 일이네!" "나, 훌륭한 걸!"이란 말은 최후의 마법주문.

앞으로의 현실을 만들어가니까요.

"부족해" "난 아직 멀었어" "어차피 난 이런 사람인 걸"이란 말은

최초의 저주.

지금까지의 현실을 만들어왔으니까요.

고통스러운 성공

성공에 이른 사람들은 두 부류가 있습니다.

첫 번째는 헝그리 정신으로 성공한 사람.

두 번째는 느긋하게 성공한 사람.

전자의 경우는 많이 가졌음에도 가장 원하는 것을 갖지 못했기 때문에 언제나 헝그리 앤 앵그리(hungry and angry)의 상태입니다.

후자는 처음부터 가장 원하는 것을 손에 넣고 성과에 구애

받지 않고 즐기다보니 성공에 다다른 사람들입니다.

전자는 결과와 성과를 중시하는 반면, 후자는 내면을 중시하고 행복을 위해서라면 성과를 버리기도 합니다.

저는 예전에는 전자에 속하는 사람이었습니다. 그래서 노력하고 희생한 만큼의 성과는 얻었습니다. 하지만 자전거에서 넘어지지 않기 위해서는 계속 페달을 밟아야 하는 것처럼 계속 성과를 얻기 위해서 끊임없이 노력하고 희생해야만 했습니다.

저 같은 사람들이 가진 성공의 전제는 '없다'입니다.

없기 때문에 '손에 넣고 싶다'.

없기 때문에 '모으고 싶다'.

대단한 것이 없기 때문에 '굉장하다고 여겨지는' 것에 필사적이다.

그런데 어느 날, 없다고 생각한 것이 사실은 있었다는 걸 깨달았습니다.

없다고 생각했던 것뿐이지 실제로는 있었다면,

'손에 넣지 않아도 괜찮다.'

'모으지 않아도 괜찮다.'

'열심히 안 해도 괜찮다.'

'굉장하다는 말을 듣지 않아도 괜찮다'는 것을 깨달은 것입니다.

그래서 저는 굳이 하지 않아도 되는 일에 시간과 노력을 쏟는 대신, 자신이 좋아하는 일을 좀 더 하기로 했습니다. 하지 않아도 되는 일을 억지로 참아가며 하는 대신, 자신이 좋아하는 일을 하면서 좋아하는 사람하고만 시간을 보내기로 결심한 겁니다.

요컨대 물질적인 것보다 마음을, 결과보다 즐거움을, 참는 것보다 제멋대로 사는 것을, 노력보다 편안함을 먼저 생각하

기로 결심했습니다.

그랬더니 제가 쓴 책이 수백만 부나 팔려 베스트셀러가 되고 죽기 살기로 노력했을 때보다도 훨씬 더 많은 수입이 생기는 등 생각지도 못한 결과가 뒤따랐습니다.

성공하면 행복해지는 것이 아니라, '지금의 행복'을 깨달았을 때 좋은 결과가 뒤따라옵니다.

지금 행복하다는 사실을 깨달으면 굳이 성공이나 성과가 필요 없습니다.

지금 행복하기 때문에 무엇을 더 할 필요도 없고 그저 여유롭게 쉬면서 인생을 즐기면 됩니다.

애초에 성공하고 싶다는 생각을 할 필요가 없는 거죠.

그도 그럴 것이 행복해지기 위한 수단으로 성공해야 한다고 생각했는데, '원래 행복하다' '원래 있다' '원래 굉장하다' '원래 사랑받고 있다'라는 걸 깨달으면 아무것도 필요 없어집니다.

이 중에서 아무거나 하나를 골라 그걸 당신의 대전제로 삼아도 괜찮습니다. 지금, 당신이 결정하면 됩니다.

없다는 건, 처음부터 환상입니다. 그러니 빨리 그 악몽에서 깨어나야 합니다.

그리고 성공이라는 교활한 생각을 떠올려도 일은 생각만큼 잘 안 풀린다는 걸 명심하시길.

덧셈보다
뺄셈이 좋다

　당신은 "난 그게 없어" "행복하려면 그게 필요해"라고 말하면서 계속 불행 속에 있습니다.

　불행이란 부족하다는 것.

　그래서 당신은 무언가를 '더 하려고' 합니다.

　그런데 더하고 더해도 계속 부족하기만 합니다.

　지금 가지고 있는 것을 즐기고 지금 이대로의 행복을 느껴도 괜찮다.

당신이 이 사실을 깨닫고 지금 이대로도 부족한 것이 없고 행복하다는 것을 깨달을 때, 비로소 다음 단계로 나아가는 것을 허락받을 수 있습니다.

'지금 행복하다'는 것을 깨닫는 순간, 그토록 원하던 것을 얻게 됩니다. 그것은 바로 '안도감'입니다.

저도 회사를 막 세웠을 무렵에는 덧셈만 잔뜩 했습니다.

이 일도 해야 하고 저 일도 해야 해. 그리고 이걸 안 하면 안 되지 하면서 자꾸 이런저런 일을 덧붙였습니다. 물론 그중에는 꼭 필요한 것도 있었지만, 그렇게 했던 진짜 이유는 나 자신을 믿지 못했기 때문이었습니다.

아직 한참 부족해, 아직 안심할 수 없어.

그런 두려움에 쫓겨 마치 덧셈처럼 계속 일을 보태기만 한 것입니다.

더하고, 더하고, 더하고, 더해도 계속 부족하다.

계속 만족할 수 없다 = 안도감, 행복감을 느낄 수 없다.

그러다가 문득 '어쩌면 지금 이대로도 충분한 게 아닐까?'
라는 생각을 하게 됐습니다.

그리고 그 사실을 깨달은 뒤에는 덧셈을 버리고 계속 뺄셈
을 했습니다.

일과 인간관계, 그리고 노력까지도 모두 뺄셈.

그랬더니 그토록 원하고 바랐어도 가질 수 없어서 괴로웠
던 것들이 갑자기 보상처럼 하늘에서 왕창 쏟아져 내렸습니
다. 그러면서 부족함의 빈틈이 완전히 다 채워졌습니다.

그만둔다는 건 두렵습니다.

줄인다는 것도 두렵습니다.

할 수 없다는 건 더 두렵습니다.

그래서 우리는 늘 할 수 있도록 노력하고 극복하기 위해 애

씁니다.

그러면서 무언가를 '한다'라는 덧셈을 반복하며 그것으로 자신감을 쌓아가려고 합니다.

하지만 그런 자신감은 견고하지도 않고 쉽게 부서져버리기 쉽습니다. 그래서 자신감을 지키기 위해 계속 성과를 내야만 합니다. 조금만 더, 조금만 더 하면서 끝이 보이지 않는 성과의 개미지옥에 빠져들게 되는 거죠.

자신감은 갖는 것이 아닙니다. 그저 있다는 걸 깨닫는 것입니다.

그리고 자신감이 있다는 걸 깨닫기 위해서는 그것을 한번 잃어보는 것이 가장 좋은 방법입니다.

'지금, 충분히 있다.' 그러니 '잃어버려도 괜찮다'라고 생각해보는 거죠.

어렵더라도 그렇게 생각해보고, 그렇게 해보는 겁니다.

그것을 전제로 행동하고 거기서 뺄셈을 하는 겁니다.

즉, 지금 하고 있는 노력을 그만두고 지금 가지고 있는 것만으로 해보는 겁니다. 그것이 다음 단계로 나아가는 티켓일 수도 있습니다.

물론 당신이 직접 확인해봐야 깨달을 수 있는 일이겠지만요.

당신은
이미
100점입니다

저와 상담을 할 때 많은 사람들이 "이 문제를 어떻게든 해결하고 싶어요"라고 말합니다. 당연합니다. 문제니까요. 그런데 그 문제가 해결되면 "저번 문제는 해결됐는데 지금은 이걸로 곤란해져서 말이에요" 하면서 다음 문제를 꺼내들고 고민을 토로합니다.

이렇듯 늘 문제의 뒤꽁무니만 좇고 있는 사람이 많습니다.

그렇다면 그 사람들은 대체 언제 만족하는 걸까요? 언젠가는 100점을 받을 수 있다고 생각하는 걸까요? 혹은 100점이 영원히 지속된다고 생각하는 걸까요?

만약 자기가 원하던 대로 100점에 도달한다 해도 120점인 사람을 보면 분명히 또 심란해질 겁니다.

이것이 바로 우리 앞에 있는 "문제를 해결하는 것이 성장이다"라는 저주의 주문입니다.

몇 번이나 얘기하지만, 지금 당신은 100점입니다.

스스로 10점짜리라고 생각하는 당신이 사실은 100점인 겁니다. 120점이라든가 200점이라든가 하는 것은 없어요.

지금보다 더 성장하면 120점이 된다는 생각은 틀린 겁니다. 그렇게 성장해도 모두 제각각 100점인 거예요.

별 볼일 없고, 아무것도 못하고, 애인도 없고, 너무 뚱뚱하고(너무 말랐고), 실수만 하고, 사람들이 싫어하고, 재능도 매력도 센스도 꽝인 그런 당신이 100점짜리인 겁니다. 그 이상이란 건, 없습니다.

당신은 원해도 가질 수 없는 욕심을 부리기 때문에 괴로운 겁니다.

이렇게 말하면 사람들은 "그럼, 현재 수준에 만족하라는 건가요?"라고 묻습니다.

그런데요, 제 얘기는 그런 말이 아닙니다.

당신이 120점이나 200점을 바라는 건 이를테면 아름다운 여성이 "난 못생겼어. 성형수술 하고 싶어"라고 말하는 것과 같은 거라는 얘기입니다.

혹은 날씬해 보이는 사람이 "난 뚱보야"라고 하거나 엄청난 부자가 "잔돈이 없어서 주스를 못 사요"라고 하는 것과 같은 겁니다. 이런 말을 들으면 어떨 것 같나요? 아마도 당연히 짜증이 나겠죠?

이처럼 당신은 어쩌면 남들이 부러워할 만큼 갖고 있으면서도 계속해서 '부족하다'고 말하는, 남들이 보기엔 아니꼬운 사람일지도 모릅니다.

제가 이렇게 말하면 당신은 또다시 "그렇지 않아요!!"라고 반박하겠죠.

사실은 그게 가장 문제인데 말이죠.

과거의
추억을
좇는다

조금 더 ○○를 원해.

조금 더 ○○를 하고 싶어.

이것을 '꿈'이라고 부를 때도 있고, '욕심'이라고 부를 때도 있습니다.

어느 쪽이 됐든 그것은 사람의 마음을 움직이는 중요한 요소입니다.

좋은 쪽으로 승화시키면 괜찮지만, 움직이면 움직일수록 욕심에 잡아먹히는 경우도 있습니다.

그런데도 우리는 "더, 더, 더" 하면서 계속 만족하지 못하고 더 강한 자극을 원합니다.

더 칭찬해줘.

더 사랑해줘.

더 인정해줘.

더 기분 좋아지고 싶어.

더 먹고 싶어.

더 독점하고 싶어.

이 정도가 되면 무척 괴로워지죠.

아무리 먹어도 아무리 해도 아무리 받아도 만족할 수 없으니까요.

이럴 때 우리는 과거에 얽매여 있는 경우가 많습니다.

먼 옛날에 맛보았던 그 맛을 한 번 더 느끼고 싶다.

그 좋았던 기분을 한 번 더 느끼고 싶다.

그 안도감을 한 번 더 느끼고 싶다.

그 즐거움을 한 번 더 느끼고 싶다.

그 다정함을 한 번 더 느끼고 싶다.

이렇게 마음은 과거의 추억을 불러냅니다. 물론 반대의 경우도 있습니다.

그 슬픔을 더 이상 맛보기 싫다.

그 괴로움을 더 이상 맛보기 싫다.

과거의 비참했거나 수치스러웠던 기억, 무섭고 기분 나쁜 감정으로부터 도망치려는 마음도 있습니다.

이렇게 당신은 현재에 있지만 아직도 '과거'에 사로잡혀 있습니다.

이미 사라진 것을 원하기 때문에 당신은 계속 괴로운 것입니다.

그러면 어떻게 하면 더 이상 괴롭지 않을까요?

어떤 것을 쫓는다는 것, 그리고 어떤 것으로부터 도망친다는 것은 심리적인 측면에서 볼 때 어느 한쪽 방향으로만 쏠린 상태입니다. 뒤쫓으면 도망치고 도망치면 뒤쫓게 됩니다.

그렇다면 뒤쫓지 않고 도망가지 않으면 문제가 해결되겠죠?

쫓지 않고 끊어버리기로 결심한다.

도망치지 않고 퇴로를 끊어버리기로 결심한다.

갖고 싶은 감정을 끝까지 느껴본다.

싫다, 무섭다는 감정을 끝까지 느껴본다.

그 감정이 완전히 연소되어 사라질 때까지 느껴본다.

그러면 더 이상 뒤쫓을 필요도 도망갈 필요도 없게 됩니다.

이런 게
행복

"저것만 있으면 행복할 거야" "저렇게만 되면 행복할 거야" 라고 말하는 사람은 원하는 것이 이루어져도 여전히 또 다른 것을 떠올리며 부족하다고 말합니다.

하지만 "지금 행복해" "이래보여도 행복해" "이게 행복인 거지"라고 생각하는 사람은 계속 행복하다고 느낍니다. 행복이란 어떤 조건이 충족돼야만 느낄 수 있는 것이 아니기 때문입니다.

누구와 비교하든 자기 자신이 무엇을 느끼든 당신은 이미 행복해질 조건을 갖추고 있습니다. 그러니 '아, 이게 행복이구나' 하고 깨닫기만 하면 됩니다.

당신 스스로가 지금 행복하다는 사실을 깨닫게 되면, 저것을 가지면 행복할 텐데 저렇게 되면 행복할 텐데 하고 생각했던 것들이 알아서 차례차례 찾아오게 됩니다. 그러면 당신은 더욱 행복해질 수 있습니다.

"아, 이래도 행복해."

"아, 이게 행복이구나."

"아, 이런 나로도 괜찮아."

이렇게 누구도 비난하지 않는 상태에 가까워질수록 우리가 느낄 수 있는 행복은 점점 커집니다. 행복감을 높이는 가장 빠른 방법은,

싫어하는 일을 용기 내어 그만둔다.

좋아하는 일을 용기 내어 한다.

말하고 싶은 것을 용기 내어 말한다.

이렇게 스스로에게 솔직해지는 것입니다.

솔직해지기 위해서는 용기가 필요합니다. 왜냐하면 솔직하게 말하고 행동하게 되면 누군가에게 미움을 사거나 다툴 수 있기 때문입니다. 그 때문에 죄책감에 사로잡힐 수도 있습니다.

만약에 당신이 솔직해지지 못한다고 해도 지금 행복해질 조건은 이미 다 갖추어져 있습니다.

언젠가는 반드시 행복해질테니 너무 무리해서 용기를 내지 않아도 괜찮습니다.

지금은 "이런 게 행복이구나" 하고 느끼는 것만으로도 모든 게 괜찮습니다.

9장

솔
직
해
져
라

스스로에게 "더 열심히 해!" "왜 못하는 거야?"라고 말하는 건

괜찮을지 모르지만, 다른 사람에게 이런 말을 들으면 화가 나고 괴롭죠.

이제부터라도 스스로를 험담하고 비하하는 것을 끝내는 게 좋습니다.

내가 나에게 함부로 하기 때문에

주위에서도 당신에게 똑같이 대하고 있는 것뿐이니까요.

신은 항상
'예스'라고
말한다

"어차피 사랑받고 있으니까."

일단은 이렇게 생각하고 말하는 것부터 시작해봅니다.

왜냐하면 생각이 먼저(어차피 사랑받고 있다)이고 현실은 그다음
(정말 사랑받고 있었다)이니까요.

신은 메아리와 같은 존재입니다. 그래서 당신이 신에게 무
언가를 던지면 그것이 그대로 되돌아옵니다.

신에게 "나는 사랑받지 못하고 있나요?"라고 물으면 어떻게 될까요?

"그래, 사랑받지 못하고 있어"라는 대답이 되돌아옵니다.

신에게 "이런 나라도, 사랑받아도 되죠?"라고 물으면 어떻게 될까요?

"그래, 사랑받아도 돼"라는 답이 돌아옵니다.

신은 항상 '예스'라고 말합니다.

"나는 안 될까요?"라고 물으면 "응, 안 돼"라는 답이 돌아옵니다.

"나는 훌륭한가요?"라고 물으면 "응, 훌륭해"라는 답이 돌아옵니다.

당신이 어떤 것을 원하는지와 상관없이 어떤 것을 물어도 신의 답은 메아리로 들려옵니다.

그러면 신에게 원하는 답이 있을 때는 어떻게 물어봐야 할까요?

만약 당신이 속으로는 '어차피 난 못생겼어'라고 생각하면서 "나 귀엽나요?"라고 물으면 "못생겼지"라는 답이 되돌아옵니다. 또 속으로는 '어차피 난 사랑받지 못해'라고 생각하면서 "난 사랑받고 있나요?"라고 물으면 "사랑받지 못해"라는 답이 되돌아옵니다.

신은 메아리입니다.
그것도 우리가 생각한 것만을 되돌려주는 메아리입니다.

능력 있는
사람이 되면
사랑받을 거라고
생각했다

　많은 사람들이 사랑받기 위해서 훌륭한 사람, 능력 있는 사람, 아름다운 사람이 되려고 합니다.

　그래서 열심히 노력해서 그런 사람이 된 후에 '이걸로 굉장하다는 말을 듣겠지' '사람들에게 사랑받겠지'라며 잔뜩 기대합니다.

　그런데 웬일일까요? 그런 기대와는 달리 당신은 누구에게도 사랑받지 못합니다.

대체 이유가 뭘까 하고 고민하던 당신은 이렇게 생각합니다.

"그렇구나! 아직 노력이 부족하구나."

좋아, 좀 더 도움이 되는 사람이 되자.

좋아, 좀 더 성과를 올리자.

좋아, 더 이상 실패하지 말자.

좋아, 좀 더 즐거운 대화상대가 되자.

그렇게 생각하면서 더욱더 열심히 노력합니다.

이것이 바로 당신이 '사랑받지 못한다'라는 가정에서 출발해서 '사랑받지 못한다'라는 결론에 도착하는 악순환입니다.

사랑받고 예쁨을 받는 사람들에게는 특징이 있습니다.

그런 사람들을 자세히 한번 관찰해보세요. 일에 서툴고 어설프거나, 때때로 멍하게 있거나, 어딘가 모자란 구석이 한군데쯤은 반드시 있습니다.

다른 사람들에게 꼭 사랑받고 싶다고 소망했던 사람이 '이런 상태로는 안 돼. 빠져나가야 해'라고 생각하는 최악의 상황에 처해서야 그토록 갈구하던 사랑을 얻는 이유가 있습니다.

그때가 돼서야 어딘가 모자라고 서툰 모습이 드러나기 때문입니다. 사람들은 그런 당신의 모습을 보고 더 친절하게 대하고 도와주고 싶어 합니다. 어떤 사람들은 흔쾌히 당신 곁에 있어주기까지 하고요.

유능한 사람이 되자, 도움이 되는 사람이 되자, 굉장한 성과를 남기는 사람이 되자, 그러면 사랑받을 수 있을 것이다.

저는 쭉 그렇게 생각하면서 그런 사람이 되기 위해 필사적으로 노력했습니다.

그래서 결국 사람들이 도와주지 않아도 무엇이든 할 수 있는 뛰어난 사람이 됐습니다. 하지만 그만큼 주위 사람들을 무시하는 오만한 사람, 가까이 다가가기 어려운 사람, 인정받는 것을 당연하게 여기는 사람이 됐다는 사실도 깨달았죠.

그래서 지금 당신에게는 '열심히 하지 않아도 괜찮다' '그대로도 괜찮다'라고 말하는 것입니다.

잘나고 똑똑한 사람보다는 서툴고 어설퍼서 계속 실패해도 포기하지 않고 열심히 노력하는 사람이 모두에게 용기와 웃음을 전해줍니다.

그런데 이 경우에도 사랑받는 사람과 그렇지 못한 사람이 있습니다.

그 차이는 타인의 '애정'을 있는 그대로 받아들일 수 있는 솔직함이 있느냐 없느냐에 달렸습니다.

다른 사람들이 자신에게 애정을 쏟아 붓는데도 그것을 회피하고 쫓아버리는 사람이 있습니다.

그런 거 필요 없어, 나 혼자 할 수 있는 걸, 동정하지 않아도 괜찮아.

그들은 이렇게 비뚤어진 마음으로 사람들의 애정을 받아들이지 않습니다. 상대방이 얼마든지 사랑을 주겠다고 하는데도 잔뜩 주눅이 들어서 아무것도 받아들이지 않습니다.

때로는 "고마워요"라고 말하면서 흔쾌히 상대의 호의를 받아들여보세요. 그것이 바로 솔직함입니다.

그런 솔직함이 있으면 사람들은 훨씬 더 당신을 좋아합니다.

상대방의 친절을 일일이 의심하지 않고 "고마워요"라고 솔직하게 말하는 사람에게는 계속 무언가 더 주고 싶은 법입니다.

솔직하게 타인의 애정을 받아들인 순간, 당신은 자신이 이미 '사랑받고 있었다'는 사실을 깨닫게 될 것입니다.

지금부터 사랑받을 수 있게 되는 것이 아니라 '지금 이 순간도 사랑받고 있다'는 사실을 깨닫는 것입니다.

'나는 사랑받지 못한다'는 세상에서 가장 큰 착각에서 빠져나올 때, '부족한 나이지만 사람들이 애정으로 감싸주고 있었다'는 세상에서 가장 큰 진실을 깨닫게 됩니다. 그리고 비로소 당신은 주위 사람들과 자기 자신을 믿을 수 있게 됩니다.

불평은
부끄럽다

누군가에게 하는 불평은 사실은 자기 자신에 대한 불평입니다.

생각지도 못한 데서 '미처 몰랐던 자신의 진심'과 '미처 몰랐던 평상시의 생각'이 나옵니다.

예를 들면, 이런 말들이죠.

"어차피 나를 바보라고 생각하겠죠."

"어차피 나를 배신하겠죠."

"어차피 또 바람을 피우겠죠."

"어차피 내가 없는 곳에서 내 험담을 하겠죠."

만약 무의식중에 자신이 그런 말을 하게 된다면 상대에게 이렇게 말해달라고 부탁하세요.

"그렇지 않아요. 그건 그저 당신 생각이에요."라고요.

상대를 비난하고 있을 때, 당신은 사실 "어차피 난 이런 생각이나 하는 사람이에요"라고 고백하고 있는 것입니다.

"어차피 나를 바보라고 생각하겠죠."

→ 난 바보예요.

→ 난 늘 다른 사람을 바보라고 생각해요.

"어차피 나를 배신하겠죠."

→ 난 배신당해 마땅한 사람이에요.

→ 난 다른 사람을 신뢰하지 않아요.

"어차피 또 바람을 피우겠죠."

→ 난 상대가 바람을 피울 정도로 가치 없는 사람이에요.

→ 난 좋은 사람이 있으면 항상 마음이 흔들려요.

"어차피 내가 없는 곳에서 내 험담을 하겠죠."

→ 난 항상 스스로를 안 좋게 생각해요.

→ 난 항상 다른 사람 험담만 해요.

주위 사람들에게 신랄한 말을 하거나 뭔가에 화를 내고 있을 때는, "나는 이런 사람이에요" 하고 고백 중인 겁니다. 어때요, 조금은 창피하지 않나요?

사람은 보통 자신이 모자라고 부족하다고 생각할 때 불안감이나 열등감을 느낍니다.

자신은 '깨진 컵' 같아서 아무리 노력해도 영원히 채워지지 않고 만족할 수도 없는 존재라고요. 그래서 어떻게 할 수 없다고 말이죠.

그런 이유로 다른 사람을 인정할 여유도 없고 친절하게 대할 수도 없다고 생각합니다.

그저 계속 타인에게 인정받고 나의 욕구를 채우고 싶다는 생각만 하죠.

그런데요, 꼭 알아야할 사실이 한 가지 있습니다. 당신이 '어차피 난 깨진 컵이니까' '난 채워지지 않는 존재니까'라고 생각하는 순간, 자기 자신을 함부로 대하기 시작한다는 점입니다.

내가 느끼는 감정에 거짓말을 하고, 내가 가진 물건을 아무렇게나 취급하고, 내 곁에 있는 가족과 연인, 친구를 함부로 대하는 거죠. 왜냐하면 나는 처음부터 깨진 존재였으니까요.

그렇습니다. 흔히 말하는 성격이 '꼬인' 사람들이 바로 이렇습니다.

이런 사람들은 자기 자신뿐 아니라 주위 사람들에게도 하찮고 별 볼 일 없는 사람 취급을 당합니다. 사람들은 대놓고 그들을 무시하고 함부로 대합니다. 그도 그럴 것이, 내가 나를 하찮게 취급하고 있으니 주위 사람들도 똑같이 대할 수밖에요.

그렇게 생각이 점점 복잡해지다 보면 어느 순간 마음속 경찰이 등장합니다. 권력과 정의를 들이대며 스스로를 지키려 하는 거죠. 그러나 온힘을 다해도 악순환이 되풀이됩니다. 계속해서 믿을 수 없고 화나고 불합리한 일들만 일어납니다.

이처럼 스스로를 소중히 여기지 않는 사람에게는 나쁜 일만 일어나는 법입니다.

그렇다면 자신의 마음을 소중히 여기기 위해서는 어떻게 해야 할까요?

우선 깨진 자신의 마음을 치료해야 합니다. 자기 자신을 나쁘게 말하거나 함부로 대하지 말고 주위 사람들에 대한 비난도 멈추어야 합니다. 대신 되도록 긍정적인 말을 하면서 자신의 장점을 찾고 단점을 인정하면서 좋은 쪽으로 바꾸어나갑니다.

좋아하는 책을 읽고 음악을 듣거나 마음에 드는 가구를 집에 들여놓거나 하면서 평온한 마음으로 지내보는 것도 중요합니다. 마음이 편안한 환경을 만들기 위해서 시간과 돈을 사용해보는 것도 좋고요.

　나를 소중히 여길 수 없다.

　내가 가진 쓸모없고 한심한 부분을 인정할 수 없다.

　이렇게 생각하며 아무리 자신을 인정하지 않아도 바뀌는 건 없습니다.

　내 안의 쓸모없고 한심한 부분은 절대 변하지 않아요.

　그 대신 당신에게 인정받고 싶어 하면서 계속 거기에 있을 뿐입니다.

　그러니 이제 그만 자신에 대한 비난을 멈추고 자신의 마음을 소중히 여겨보세요.

　당신은 깨진 컵이 아닙니다.

　그러니 그렇게 하찮은 사람 취급을 받지 않아도 됩니다.

　지금부터는 자신을 소중히 여겨도 괜찮습니다.

자기 자신에게
거짓말을 할 때
문제가 생긴다

인생의 고민이나 문제는 '나답지 않을 때' 생깁니다.

사실은 냉정한 사람인데 다정한 척 한다거나

사실은 착한데 나쁜 사람인 척 한다거나

사실은 못하는데 할 수 있는 척 한다거나

사실은 느긋한 사람인데 재빠른 척 행동한다거나

사실은 나쁜 사람인데 좋은 사람인 척 한다거나

사실은 화가 났는데 아무렇지 않은 척 한다거나

이렇게 나답지 않을 때

스스로에게 거짓말을 할 때

스스로를 부끄럽게 여길 때

그럴 때 눈앞에 문제가 나타납니다.

"그건 당신의 진짜 삶이 아니에요."

"대체 어떤 사람이 되려는 거예요?"

"뭐가 안 된다고 생각하는 거죠?"

이렇게 말하며 누군가 진실을 알려주러 오는 겁니다.

"당신은 실은 이런 걸 생각하죠?"

"그런데 그게 나쁜 일이라고 생각해서 숨기고 있죠?"

"당신은 지금 나다운 모습으로 정직하게 살고 있지 않죠?"

이렇게 일부러 알려주러 오기 때문에 당신의 마음은 더 심란해집니다.

저는 사실은 냉정한 편이라 오히려 상냥한 사람인 척 했습니다.

사실은 쩨쩨한 편이라 오히려 통이 큰 사람인 척 크게 한턱을 내기도 했습니다.

사실은 잘못하기 때문에 오히려 열심히 해서 할 수 있게 됐습니다.

사실은 약하기 때문에 오히려 강한 척을 했습니다.

'아, 난 사실 저렇게 하고 싶은 거구나.'

'그런데 그러면 안 되니까 진짜 내 모습을 감추고 있구나.'

이렇게 스스로 깨달아야합니다.

그리고 조금씩 '별 볼일 없는 진짜 나'를 밖으로 드러내보세요.

편해서 정직해서 귀여워서 다른 사람들에게 사랑받을 수 있을 테니까요.

진짜 나답게 살고 있지 않은데 일이 잘 풀리고 행복해질 리가 없습니다.

행복 비슷한 것을 느낄 수 있을지는 모르지만 그게 진짜 행복은 아니죠.

반대로 진짜 나답게 살고 있는데 일이 잘 안 풀리거나 행복하지 않을 리가 없습니다.

용기를 내어 자신의 별 볼일 없는 부분, 그리고 마음속 분노와 슬픔과 열등감을 밖으로 표출해보세요.

그것이 '진짜 나다움'으로 가는 첫걸음일 수도 있습니다.

그런데 이렇게 진짜 나답게 살기로 결심하면 또 한 가지 문제가 생깁니다. 그렇게 살지 못하는 사람들이 나를 이해하지 못해서 비난하고 더 나아가 공격하는 것입니다.

사실은 당신처럼 살고 싶은데 그렇게 하지 못해서 시샘하고 질투하는 거지만, 스스로 그런 사실을 깨닫지 못하고 화를 내며 당신을 비난합니다. 마치 지금 당신이 그러는 것처럼 말이죠.

진짜 나답게 살아가는 당신의 모습이 다른 사람들을 자극하고 그들의 가치관에 해를 끼치는 경우도 있습니다.

그렇다고 해도 포기하지 말고 진짜 나답게, 스스로에게 정직하게 살아가야 합니다. 이런 삶이 바로 '영적인 삶'입니다.

사는 동안 그런 삶에 도전해보는 것도 정말 멋진 일이라는 생각이 듭니다.

10장

지금 이 순간에 웃자

지금 당신의 눈앞에서 일어나는 일들을 웃으며 받아들여보세요.

인정하고 받아들이면 마음이 편안하고 자유로워집니다.

폼을 잡을 필요도 없고 화가 나지도 않습니다.

현재의 상태를 긍정하면 거기에서 밝은 미래가 생겨나는 법입니다.

지금 웃으면 앞으로도 계속 웃을 수 있습니다.

언제
행복해지나요?

당신에게 일어나는 모든 일들은 미래에는 반드시 웃는 일이 됩니다.

그러니 지금 미리 웃어도 괜찮습니다.

심각한 표정을 짓거나 온순한 표정을 해도 변하는 것은 아무것도 없습니다.

분명한 건, 웃어야 복이 들어온다는 사실이니까요.

지금부터 시작해도 행복해질 수 있습니다.

과거를 돌아보며 웃어요.

근거 따위 없어도 미래를 향해 웃어요.

어떤 길을 지나든 최종 목적지는 '행복해지는 것'이니까요.

"그러다가 지금 이렇게 사는 사람도 있어요"라는 말을 들어도 당신의 삶이 아니니까 걱정하지 않아도 괜찮습니다.

당신에게도 똑같은 일이 일어난다고 정해진 것은 아니잖아요.

그러니까 지금 이 순간 웃어봐요.

심각한 일에는 심각한 얼굴을 하는 게 가장 쉽겠지만 그런다고 해서 문제가 해결되는 건 아니니까요.

당신은 행복해지지 않을 거라고 믿기 때문에 불안해하며 인생을 흘려보내는 겁니다.

어째서 당신 마음대로 행복해지지 않는다고 믿는 건가요?

불안해하는 건 어쩔 수 없는 일이지만, 이제부터는 내 의지대로 불행하게 사는 것을 그만두겠다고 용기를 내어보지 않을래요?

무리해서 애써 웃지 않아도 돼요.

울어도 좋고, 약한 소리를 내도 괜찮아요.

다만, 그다음에 오는 '지금'은 크게 웃으며 맞이해보세요.

60점 정도여도 괜찮아요.

뭣하면 20점으로도 충분해요. 남은 80점은 당신 주변 사람들의 몫으로 남기고 당신 혼자서 전부 책임지지 않아도 괜찮아요.

그렇게 서로 돕는 것이 모두가 행복해지는 길이예요.

당신은 언제 행복해질 거라고 생각하나요?

무엇이 갖추어져야 행복해질 거라고 생각하나요?

무엇을 얻고 무엇을 잃어야 당신답게 살아갈 생각인가요?

모든 감정을
쏟아내자

쓸쓸해, 슬퍼, 화가 나, 싫어, 하고 싶지 않아, 이제 한계야, 안 돼.

이런 감정이 느껴질 때는 이렇게 소리쳐보세요.

너무 쓸쓸해!! 정말로 슬퍼!! 진짜 화가 나!! 정말 싫어!! 절대 하고 싶지 않아!! 이제 정말 한계야. 참을 만큼 참았다고!! 절대 안 돼!!

이렇게 감정을 최대한 밑바닥까지 느껴보는 겁니다.

나쁜 말을 실컷 쏟아내고 마음껏 푸념도 하세요.

전부 쏟아내세요.

어중간하게 참지 마세요.

속이 확 풀릴 때까지 쏟아내세요.

왜냐하면 그 감정들도 당신의 진심이기 때문입니다.

당신에게 문제가 있을 수도 있지만, 지금은 그런 것에 상관 말고 싫은 건 싫다고 소리쳐보세요.

외로움에, 슬픔에, 분노에 한껏 휩싸여보세요.

모든 걸 끝까지 다 느끼고 나면 웃는 얼굴이 될 테니까요.

그런 감정을 거부하고 있기 때문에 좋아하는 마음이 억눌려서 '불만' '불평' '빈정거림' '분노'를 느끼게 되는 겁니다.

그러니 참지 말고 쏟아내보세요.

그러고 나서 "하고 싶어!!"라고 외치며 폭소를 터뜨려보세요.

행복은
이미
정해진 일

나는 무엇을 착각하고 있는 거지?

나는 무엇을 옳고 그르다고 믿는 거지?

나의 어떤 점이 쓸모없는 걸까?

어떻게 하면 좋을까? 이제는 모르겠어.

이렇게 생각하고 있는 당신은 스스로를 비난하고 싫어하고
변하고 싶어 합니다. 그래서 온힘을 다해 현실을 부정합니다.

하지만 그렇게 강하게 현실을 부정해봐도 일은 잘 풀리지
않습니다.

"아직 멀었네"라는 건 "안 되겠구나"라는 말이 아니에요.
"잘 안 풀렸네"라는 건 "안 되겠구나"라는 말이 아니에요.
"저질러버렸네"라는 건 "안 되겠구나"라는 뜻이 아니에요.
"미움 받았네"라는 건 "안 되겠구나"라는 뜻이 아니에요.

하하하. 나 엄청 방황 중이네.
하하하, 나 엄청 괴로워.
하하하, 나 엄청 못해.
하하하, 나 엄청 미움 받고 있네.
하하하, 나 엄청 사랑받지 못 하네.
하하하, 나 엄청 부정적이야.
이렇게 크게 소리내어 웃어보세요.

괴롭다고 잘 안 풀린다고 미움 받고 있다고 의기소침해 있는 당신을, 신은 하늘 위에서 어떤 마음으로 내려다보고 있을까요?

천국의 문 앞에서 쭈그리고 앉아 울고 있는 당신.

손만 뻗으면 그 문을 열 수 있는데도 이제 한계야, 무리야, 하기 싫어, 도망치고 싶어라고 하면서 당신은 그 앞에 쭈그리고 앉아 울고만 있습니다.

'이런, 정답이 바로 눈앞에 있는데도 저렇게 쭈그리고 앉아 울고만 있군.'

신은 그렇게 하늘 위에서 착각에 빠진 당신을 가여워하면서 보고 있을 겁니다.

고민 중이어도, 괴로워하는 중이어도 그걸로 됐어요.

그래도 당신은 괜찮습니다.

당신은 이미 꽤 잘 하고 있고, 사랑받고 있으니까요.

당신은 행복해질 거예요.

그건 이미 정해진 일이니까요.

11장

손해를 보자

돈이 없어서 못하는 걸까, 돈이 없는데도 하는 걸까.

시간이 없어서 못하는 걸까, 시간이 없는데도 하는 걸까.

재능이 없어서 못하는 걸까,

재능이 없는데도 하고 싶으니까 하는 걸까.

손해를 보거나 남들이 싫어하니까 할 수 없는 걸까,

아니면 손해를 봐도 남들이 싫어해도 그만둘 수 없어서 하는 걸까.

'그래도 한다'고 결심한 순간부터 당신은 돈과 시간, 재능, 그리고 용기
까지 모두 손에 넣을 수 있습니다.

그리고 불안과 두려움은 환상이었다는 것을 알게 될 겁니다.

'처음'을
경험하자

"손해를 보자."

저는 예전부터 늘 이런 말을 해왔습니다. 그런데 때때로 그 의미를 잘 모르겠다는 얘기를 들을 때가 있습니다.

만약 제가 "의미를 잘 모르겠다"는 얘기를 듣고 지금까지 아주 열심히 설명해왔다면, '이해 못하는 채로 놔두고' '오해 받은 채로 놔두는' 것이 손해가 됩니다.

이 경우에 저는 오해받아서 평판이 나빠지는 것이 손해고, 의미를 잘 모르는 사람에게는 잘 모르는 것, 성장할 수 없다는 게 손해겠죠.

반대로 제가 지금까지 사람들이 하는 얘기를 듣고도 그대로 방치하거나 오해받은 채 내버려두었다면, 나서서 오해를 푸는 것이 일종의 손해가 됩니다.

즉, '손해를 본다'는 것은 지금까지 두렵거나 귀찮아서, 혹은 무리라고 생각했거나 실패할 것 같아서 피해왔던 일에 정면으로 맞서는 것입니다.

예를 들면, 어떤 일이 생겼을 때 스스로 참고 희생하거나 금세 사과하거나 자기가 일을 떠맡아버리는 사람이 있습니다. 그런 사람들에게는 그렇게 행동하는 것이 사실은 이득입니다. 그렇게 해야 타인과의 관계에 갈등이 생기지 않으니까요. 그렇기 때문에 그런 사람은 일을 할 때 어떻게 하면 손해를 보지 않을지 잘 생각해야만 합니다.

참거나 희생하지 않고 불평불만을 얘기하고 돈에 인색하게 굴고 사과하지 않는 것이 그 사람에게는 '손해'가 되는 행동이 되니까요.

당신에게 아주 큰 용기 있다면 어떤 일에 열중할까요?

무엇을 말하고 무엇을 그만두고 어디로 갈까요? 그리고 어떤 '처음'을 경험할까요?

처음이라는 것은 으레 실패하는 법입니다. 즉, 손해 보는 법이죠. 처음에는 다들 창피를 당하고 혼이 나고 괴로운 경험을 합니다.

그렇지만 당신이 줄곧 찾고 있던 답, 즉 다음 단계의 문을 여는 열쇠가 분명 거기에 있습니다.

'손해'라는 씨앗을 계속 심으면 머지않아 반드시 '덕(德)'이 라는 꽃이 피고 '이득'이라는 열매가 달립니다.

우선 지금까지 선택해온 것과 반대로 해보세요.

지금까지 무난한 길을 선택해온 사람이라면 고난과 모험에 도전해봅니다. 혹은 의미 없는 일에 시간과 돈을 써봅니다. 때로는 싸우고 인색하게 굴고 엉뚱한 짓을 하고 야단법석을 떨어봅니다.

반면에 지금까지 줄곧 도전하며 고난을 겪어온 사람이라면 평화롭고 마음 편히 쉴 수 있는 곳으로 도망처봅니다. 그곳에서 한껏 게으름을 피우고, 주위 사람들은 잊고 자기만을 생각하며 편안하게 지내봅니다.

지금껏 "그런 건 말도 안 돼요" "그런 건 무리에요"라며 피해왔던 일을 해보는 겁니다.

이렇게 스스로 금기시해온 일을 해보는 것만으로도 세상이 바뀔테니까요.

난
그런 거
몰라

'고민'에는 몇 가지 공통점이 있습니다.

먼저, '싫다 싫다 패턴'입니다.

예를 들어 당신은 지금 남편과 이혼을 하고 싶지만 할 수가
없어서 곤란한 처지입니다.

이혼하고 싶은데 수입이 없다.

아이가 있다.

내가 할 수 있는 일이 없다.

그런데 남편이 정말 싫다.

이것도 싫고, 저것도 싫다, 이건 이런 이유로 못하고, 저건 저런 이유로 못한다. 사방팔방이 다 막혀 있어서 어떻게 하면 좋을지 모르는 처지인거죠.

이런 사람은 "그럼, 이렇게 합시다"라고 말하면 "그런데 그건, 이런 이유로 못합니다"라고 대답합니다. 그러다가 결국은 "아무것도 하고 싶지 않다" "아무것도 안 하고 잘 해나가고 싶다"고 말합니다.

손해 볼 각오.

도전할 각오.

무언가를 잃어버릴 각오.

호된 경험으로 고통스러울 각오.

그런 각오를 하지 않는 한 앞으로 나아갈 수 없습니다. 대신에 그런 각오만 있으면 반드시 바뀔 수 있습니다.

그래서 이런 고민에 대해서는 "어떻게 해야 할지 나도 잘 모르겠네요"라는 답변 외에는 할 말이 없습니다.

그런 사람에게는 어떤 조언을 한들 소용없을 테니까요.

이어서 '다음 다음 패턴'입니다.

어떤 문제가 있는데 그게 없어도 문제, 있어도 문제라는 식입니다.

돈이 없기 때문에

시간이 없기 때문에

아이가 없기 때문에

결혼을 못 하기 때문에

병이 있기 때문에

일이 많기 때문에

이런 고민을 하는 사람은 '없다'를 '있다'로 바꾸어도 다시 자신에게 없는 것을 찾아 고민합니다. 어떤 것이 있다고 고민하는 사람도 마찬가지입니다.

요컨대, '있다' 혹은 '없다'가 문제가 아니라 그런 식의 사고가 문제인 것이죠.

이런 사람들은 없던 것이 손에 들어오거나 문젯거리가 사라져도 곧 다음 번 문젯거리나 부족함에 대해서 불만을 털어놓습니다.

이런 사람에게도 조언을 한들 소용없습니다.

'싫다 싫다 패턴'이나 '다음 다음 패턴' 모두 그 뿌리는 그대로이기 때문에 계속 새로운 고민이 생겨납니다.

그런데 당사자는 그 사실을 이해하지 못하고 그저 "알고 싶지 않다"고 말합니다.

그 말은 '지금의 상황을 바꾸고 싶지 않다'는 뜻입니다.

더 나아가 '지금도 나름 행복하다' '차라리 지금이 낫다'라는 뜻이기도 하고요.

결국은 '바꾸고 싶지 않다'는 뜻입니다.

변화하고 싶다.

성장하고 싶다.

말은 그렇게 하지만 결국 변화해서 그에 따른 위험을 끌어안을 각오가 없다는 게 본심입니다.

그거,
정반대인데요

당신은 소외되거나 누군가를 화나게 만들고 미움 받고 슬
픈 표정을 보는 게 두려워서 지금 이 장소에 있는 힘껏 매달
려 있습니다.

그렇지만 마음 한편에서는 변하고 싶다고 생각합니다.

그럼에도 두려움에 발목 잡혀 지금 이 상태 그대로 계속 하
던 대로 해나갈 수밖에 없습니다.

'사실은 이렇게 하고 싶은데' '사실은 이런 일은 하고 싶지

않은데'라고 생각하면서도 두려워서 새로운 방법을 시도하거나 그만둘 수 없습니다.

두려움이 '나다움'을 억누르고 있는 것입니다.

'정말로 하고 싶은 것'을 하지 않는다는 건, 스스로를 죽이며 사는 자살행위와 같습니다. 그저 참기만 하고 살아가는 건 무의미한 인생에 불과합니다.

그렇게 참기만 한다고 해서 인생만사가 잘 풀릴 리 없습니다.

결국에는 늘 참기만 하다가 한탄하고 포기하는 인생이 됩니다. 그러면서 나와 다른 삶을 사는 누군가를 질투하겠죠.

당신은 자신감이 부족해서 아무것도 못하는 나란 존재는 사랑받지 못할 거라고 확신합니다.

저 역시도 한동안 그런 착각의 세계에 빠져 있었습니다.

자신감이 없기 때문에 시작할 수 없다.

자신감이 없기 때문에 그만둘 수 없고 거절할 수 없다.

당신은 그렇게 생각하지만 사실은 그 반대입니다!

원하는 일을 시작했기 때문에, 하기 싫은 일을 그만두었기 때문에, 내키지 않는 일을 거절했기 때문에 비로소 내 안에 자신감이 있었다는 걸 알아차릴 수 있었습니다. 또 '잃어버렸던 자기 자신'이 비명을 지르고 있는 것을 알아차릴 수 있었습니다.

당신은 이렇게 말합니다.

전 자신감을 가질 수 없어요. 저한테 그런 건 무리에요.

그러면 저는 이렇게 답합니다.

네. 이해해요. 대부분 다 그렇죠. 그러니까 오늘부터 이렇게 말해보세요.

자신감을 가져볼까?

자신감을 가져도 괜찮을지 몰라.

자신감을 가져도 괜찮죠?

이렇게 혼잣말을 하는 것부터 시작해보세요.

분명, 내 안에 숨겨진 자신감의 '싹'이 보일 거예요.

12장

야비한 사람이 되자

야비한 사람은 죄악감이 없는 사람입니다.

그래서 행동에 제약이 없고 죄악감에서 비롯된 친절함이 아닌

자연스러운 친절함이 흘러넘칩니다.

야비한 사람은 무언가를 숨기거나 자신의 행동을 애써 정당화하지

않기 때문에 자신과 타인에게 '정직'할 수 있습니다.

자연스럽다. 나답다. 아첨하지 않는다. 자기중심적이다.

이것이 야비한 사람의 특징입니다.

어때요? 야비한 것도 나름 괜찮죠?

야비한 사람에게는 두려움이 없다

저는 항상 "야비한 사람이 되자"고 말합니다. 이 말은 "지독한 사람이 되자"는 것과도 비슷한데, 이유는 간단합니다. 야비한 사람은 '죄악감이 없는 사람'이기 때문입니다.

야비한 사람은, 자기 자신에게 솔직하게 사는 것을 '나쁘다(두렵다)고 생각하지 않는 사람'입니다. 그리고 모든 것을 심판하지 않는 사람이기도 합니다.

죄악감이 없다는 것은 스스로를 비난하지 않는 사람이라는 뜻입니다.

스스로를 비난하지 않는 사람은 다른 사람을 비난하지도 않습니다. 또 행동에 제약이 없기 때문에 자신이 '하고 싶은 일'을 향해 더욱더 힘차게 나아갑니다.

'하고 싶다'라는 생각에서 시작된 행동은 나답게 살아가는 길로 이어져 하는 일이 더욱더 잘 풀립니다. 그리고 이것은 결과적으로 누군가에게 기쁨을 주는 일이 됩니다.

내가 하는 일이 순조롭게 풀리면 적어도 남에게 무언가를 부당하게 요구하거나 시샘하거나 불평하지 않습니다. 반면에 야비해지지 않도록 참는 사람은 다른 사람에게도 똑같이 인내를 요구합니다.

야비한 사람은 행동도 다릅니다.

그들은 두려움이 아니라 즐거움 때문에 일을 시작합니다.

가끔 사랑에서 비롯된 행동이나 두려움에서 비롯된 행동이라는 표현을 접할 때가 있는데, 별것도 아닌 죄악감을 갖고 그 것을 속죄하고 정당화하려고 하는 행동이 두려움에서 비롯된 것입니다.

반면에 무엇을 숨기거나 속죄하는 일 없이 그냥 즐기는 것. 이것이 사랑에서 비롯된 행동입니다.

죄악감이라는 '허구의 죄'를 손에 쥐고 있을지 말지는 당신 의 선택입니다.

같은 사람을 위해 하는 행동이라도 죄악감 때문에 하는 것 인지, 즐거움 때문에 하는 것인지에 따라 완전히 다른 행동이 된다는 것만 명심해주세요.

좋아하는
일만 하는
용기

'인내'라는 뿌리 끝에는 '미움 받는 것에 대한 두려움'이 있습니다. 즉, '내가 그렇게 하지 않으면 미움 받을 거야'라는 대전제가 있는 거죠. 그리고 자신이 '미움 받는 사람'이라는 생각은 다시 죄악감으로 이어집니다.

이 전제를 확 뒤집지 않는 한, 노력 이외에 인생을 바꾸는 방법은 없습니다.

게다가 아무리 노력해도 이런 전제가 있는 한, '역시나 보상받지 못한다' '결국 참을 수밖에 없다'라는 원점으로 되돌아옵니다.

그렇기 때문에 끊임없이 인내하는 사람은 불평도 많아지게 됩니다.

더불어 주변에서도 당신에게 계속 인내와 고마움을 강요합니다.

인내하며 살아가는 사람은 죄악감 없이 자유롭게 사는 사람을 '야비한 사람'이라고 말하고, 좋아하는 일만 하는 사람을 '제멋대로 사는 사람'이라고 말합니다.

그런데 그런 사람이 많은 사람들이 기뻐하는 결과를 만들어내고 환영받는 건 어떻게 봐야 할까요?

당신은 또다시 불평불만, 시기심, 질투의 소용돌이에 빠져 '역시나 나는 보상받지 못한다' '결국 참을 수밖에 없다'는 악순환의 고리로 돌아가고 말겠죠.

'좋아하는 일만 하는 용기'를 내지 못하는 사람, '미움 받는 것을 두려워하지 않는 용기'를 내지 못하는 사람은 계속 노력해서 자신의 인생을 지탱하면 됩니다. 그것은 그것대로 균형을 유지하게 해줍니다.

하지만 만약 더 이상 그렇게 하기 싫다면 '참지 않는 용기' '좋아하는 일만 하는 용기' '전부 남에게 맡기는 용기' '민폐를 끼쳐서 원망을 듣는 용기'를 내봐야합니다.

괜찮아요, 당신은 미움 받지 않을 테니까요.

괜찮아요, 당신을 싫어하는 사람은 당신이 무엇을 하더라도 싫어하니까요.

괜찮아요, 당신은 이미 미움을 받고 있으니까요.

그리고 당신도 자기가 모르는 사이에 누군가에게 상처를 입혔을 테니까요.

참고 인내하며 주변 사람들에게 야비하다고 불평을 토로할

것인가요, 아니면 '야비한 사람'으로 풍요로운 인생을 살아갈

것인가요.

　지금 당신은 어느 쪽을 선택할 건가요?

금기에 도전하면
새로운 세계가
열린다

'야비하다'를 다른 말로 하면 자신의 금기(규칙)를 어기는 것입니다. 즉, 자신에게 걸려있는 금지, 부정, 억압의 저주를 푸는 것이죠.

그럼으로써 자신이 피하고 있었던 미지의 세계를 알게 됩니다.

해서는 안 된다고 금지하고 있던 행동을 하는 것.

해야 한다고 생각하던 행동을 그만두는 것.

이렇게 금기를 도전하면서 자신의 진짜 마음에 충실해지고 스스로를 소중히 여기게 되면서 타인 중심의 세계에서 자기 중심의 세계로 돌아오게 됩니다.

이전에 해본 적이 없는 일에 도전하면 경험해본 적 없는 결과를 얻을 수 있습니다.

인생이 뜻대로 잘 안 풀릴 때는 힘(노력·자력)으로 억지로 해봤자 변하는 것은 아무것도 없습니다.

오히려 자력에 '나'를 강하게 집어넣으면 넣을수록 '타력'이라는 커다란 힘을 잃어버리게 됩니다.

야비하게 금기를 어긴다는 것은 '타력에 몸을 맡기고 본래의 나다움을 발휘하는' 것입니다.

지금까지 '있을 수 없다' '절대 안 된다'고 거부해온 곳에 당신의 인생을 열어줄 열쇠가 있을지도 모르니까요.

당신에게는 지금껏 그 열쇠를 여는 일이 금기였기에, 그 열쇠를 열고 있는 사람이 위협적으로 보일 수도 있지만 그건 단지 짐작일 뿐입니다.

사실 그 열쇠는 당신에게 새로운 인생을 보여주고 있는 것입니다. 마음 편하게 두려움에 떨지 않고 비굴하지 않고 당당하게 앞을 향해 걸어가는 새로운 인생을 보여주는 것입니다.

'금기'란 사람에 따라 다르고 사람 수만큼 존재합니다. 그래서 어떤 말로 표현해도 모르는 사람은 모르고, 알고 싶지 않은 사람은 알 수 없고, 아직까지 겪어보지 못한 사람은 이해할 수 없습니다.

'안 되는 일은 안 되는 일'이라는 '선악, 올바름과 그름, 규칙, 당위성'에만 얽매인 완고한 사람이라면 읽으면 읽을수록 이해할 수 없을 것입니다.

"모두가 제멋대로 하고 싶은 대로 행동하면 큰일 아닐까요?" 이런 질문을 자주 받습니다. 그럴 때 저는 이렇게 대답합니다. "어디 마음대로 하고 싶은 대로 살 수 있다면 그렇게 한번 살아보세요"라고 말입니다.

마음대로, 하고 싶은 대로 하면서 산다.

그렇게 살면 주변 사람들이 간섭하며 이런저런 말들을 하겠죠. 그래도 자신이 좋아하는 일, 하고 싶은 일을 끝까지 관철해나가는 각오, 다른 사람들의 의견이나 비판에 좌우되지 않는 강한 신념이 필요합니다.

그렇게 살 수 없는 사람들은 주위 사람들에게 맞추어가며 민폐를 안 끼치도록 주의하고 문제가 생기지 않도록 여러 가지를 '참으며' 삽니다. 그 편이 편하니까요.

그런데 이렇게 열심히 참으며 사는 사람은 주위 사람들에게도 인내를 요구합니다. 그렇게 계속 참으며 다른 사람들을 감시하다가 끝내는 불만을 터뜨리기도 하고요.

인내는 선량한 마음에서 나오는 경우와 단순히 두려움에서 나오는 경우가 있습니다.

'그런 행동을 하면 큰일이 난다'라는 건 두려움에서 나오는 행동에 지나지 않습니다.

그래서 저는 오히려 더 '마음대로, 하고 싶은 대로 사는 용기를 가져라'라고 말하고 싶은 것입니다. 왜냐하면 그것이 죄악감 없이 사는 것이니까요.

'제대로 사는 것'도 물론 훌륭하지만 그보다 더 중요한 것은 '인생을 즐기고 있는가' 하는 것입니다.

끝까지 착한 마음을 관철한다.

끝까지 냉정함을 관철한다.

자신이 좋아하는 것을 끝까지 관철한다.

두려움에서 오는 위선을 '정당함'과 '당위성'로 치부해서는 안 됩니다.

사실은 이것 모두가 '부모의 가르침을 등지는 행동 = 자립'
인 것입니다.

나답게
살지 않는 것이
민폐

야비하게 산다는 것은, 사실은 하고 싶은데 미움 받을까봐 겁나서 주저하던 일을 하는 것입니다. 또 그만두고 싶지만 혼날까봐 두려워 계속 하던 일을 그만두는 것입니다.

야비하게는 그저 수단의 한 가지입니다.

'미움 받지 않을 것'을 인생의 첫 번째 목표로 삼는 사람도 있습니다. 그런 사람은 미움 받지 않기 위해 그저 무난한 인생을 사는 것도 괜찮다고 생각합니다.

하지만 진짜 자신의 인생을 살고 싶다면 '부모의 평가와 감시의 눈'에서 벗어나 홀로서기를 하고 당당히 자신의 인생을 살아가야합니다.

야비해진다. 이것은 '나쁜 일을 하자' '지독한 일을 하자'라는 것이 아닙니다. 죄악감을 갖지 말고 사람들을 믿고 자신이 좋아하는 일을 하자는 것입니다.

사람들을 믿고 있다면 구태여 좋은 사람이 될 필요가 없습니다.

믿고 있지 않기 때문에 본래의 내 모습이 드러나면 사람들이 나를 싫어할 것이라고 생각해서 좋은 사람처럼 행동하고 있는 것입니다.

본래의 자기 모습을 드러내고, 원래 하고 싶었던 일을 한다는 것은 다른 사람들의 선량함을 믿고 자기 자신을 믿는다는 것입니다.

어떤 모습이라도 남들이 날 인정해줄 거라고 스스로 믿는 것이죠. 절대 일부러 남들이 싫어하는 사람이 되자는 것이 아닙니다.

나답게 살자는 것.

하고 싶은 일을 하자는 것.

나답게 살고 하고 싶은 일을 하면 분명히 다른 사람에게 민
폐를 끼칠 거라는 생각을 버리는 것.

당신이 당신답게 사는 일은 민폐도 그 무엇도 아닙니다.

거꾸로 당신답게 살지 않는 것이 가장 민폐입니다.

노력가, 성실한 사람, 좋은 사람은 참는 것을 좋아하고 인내
하는 게 특기입니다.

그런데 하루하루 소소하게 참는 것이 쌓이다 보면 어느 순
간 발끈해서 마지막에는 폭발하게 됩니다. 결국 주변에 민폐
를 끼치게 되는 거죠.

열심히 하지 않는 사람, 불성실한 사람, 나쁜 사람은 참는
것을 싫어하고 그러는 데 서툽니다.

결국 두 사람이 주변 사람들에게 민폐를 끼치는 정도는 비슷합니다.

조금씩 민폐를 끼치더라도 자기 안에 화를 쌓아두지 않는 것이 더 중요합니다.

13장

좋은 사람인 척하지 않기

웃는 것과 웃음으로 얼버무리는 것은 다릅니다.

행복이란 언제나 웃는 것입니다.

그러니 항상 웃어보세요. 괴로워도 일단은 웃어보세요.

웃는데도 전혀 즐겁지 않고 행복하지 않나요?

늘 웃음으로 얼버무렸던 사람은 괴로워도 즐거워도 웃습니다.

그런 사람은 웃지 않기 위한 재활치료가 필요할지도 모릅니다.

그러면 '진짜 웃음'을 짓는 것이 가능해지겠죠.

늘 화를 내거나 못마땅해 하고 불쾌한 얼굴을 했던 사람은

지금부터 항상 웃어봅시다.

반대로 우습지도 않은데 늘 웃음으로 얼버무렸던 사람은

웃지 않는 걸 연습해봅시다.

알기 쉬운
사람이 되자

남들이 나를 싫어할까봐 두려워하는 사람은 제대로 다른 사람들을 싫어하지 못합니다.

그런 사람들은 저 사람의 저런 점이 싫다, 저런 행동은 그만 했으면 좋겠다고 생각하면서도 말하지 못하고 꾹 눌러 참으면서 웃음으로 얼버무리거나 아무렇지 않은 척하며 함께 어울립니다.

물론 누구와도 무난하게 잘 어울릴 수 있는 게 좋은 건지도 모르죠.

또 누군가를 싫어한다고 해서 그 사람의 모든 게 다 싫은 것은 아닐 거고요.

분명 싫어하는 사람이어도 신세지고 있는 부분이 있을 수도 있고, 사회생활을 하다 보면 어느 정도 상대방에 맞춰줄 필요도 있을 테니까요.

그렇다고 해도 거기에 너무 신경을 쓰다보면 점점 자기 자신을 잃어간다는 점을 명심해야 합니다.

중요한 것은 그 사람과 어울리는 시간이 '설레는 시간'인가 하는 점입니다.

물론 싫어하던 사람의 다른 면을 발견하고 마음이 바뀔 수도 있습니다.

다른 누군가의 모습이 투영돼서 그 사람이 거북하고 싫었던 것일 수도 있고, 그저 나 자신의 심리적 문제일 수도 있을 테니까요. 그렇기 때문에 어느 정도는 상대와 맞춰보려고 애써볼 필요는 있습니다.

그렇지만 애쓴다고 해서 문제가 전부 해결될까요? 역시 안 되는 것은 안 되는 것이고 거북한 것은 거북한 것이고 싫은

것은 싫은 것 아닐까요? 전 그것만으로도 충분하다고 생각합니다.

또 싫은 행동을 그만두라고 말한다고 해서 그 사람이 내 말을 들어줄지도 장담할 수 없습니다.

부탁을 들어줄지 말지는 결국 상대가 결정하는 것이니까요.

그러면 마냥 참기만 해야 할까요?

그렇게 계속 참다보면 다른 사람이 나에게 다정하게 대해주어도 '혹시 저 사람도 애써 참으면서 나와 어울리는 건 아닐까?' 하는 망상에 빠질지도 모릅니다. 그러면서 '본모습을 보게 된다면 나를 싫어하게 될지도 모른다'는 두려움에 빠져드는 거죠.

누군가를 싫어해도 괜찮습니다.

그 사람의 모든 걸 싫어해도 괜찮고 일부분만을 싫어해도 괜찮습니다.

예를 들어 토마토를 정말 싫어해도 괜찮고 토마토를 잘랐을 때의 질척거리는 부분만 싫어해도 괜찮은 것처럼요. 또 토마토의 모양은 좋아해도 향이 싫은 경우도 있고, 토마토소스는 좋아해도 토마토 주스는 싫어하는 경우도 있을 수 있으니까요.

"싫어하는 건, 어쩔 수 없잖아 —!"

이미 마음속으로는 너무 싫어하고 있는데 절대 밖으로 내색해선 안 된다며 양팔로 그 감정을 부둥켜안고 있으면 당신만 괴로워질 뿐입니다.

속이 썩고 표정은 험상궂어지고 결국엔 내가 싫어하는 것만 잔뜩 끌어당기게 됩니다.

이제는 행동을 바꾸어서 알기 쉬운 사람으로 살아가는 건 어떨까요?

'그런 일을 하면 나를 싫어할까?'라는 불안감이 생겨날 때는 '괜찮아, 어차피 걱정해도 미움 받을 테니까' '아니, 이미 미움 받고 있으니까'라고 속편하게 생각해버리면 그만입니다.

불안해하는 대신 그냥 괜찮다고 생각해보는 겁니다.

'나 자신을 위해서' 말한다

자신의 '기분'을 솔직하게 말한다는 것은 꽤나 넘기 힘든 벽입니다.

"그건 싫어요."

"그런 건 그만둬줄래요?"

"좀 더 이렇게 해주면 좋겠어요."

다른 사람이 보면 별것 아닌 말이지만 당사자에게는 아주 중요한 일입니다.

'그냥 말하고 싶은 대로 말하면 되는 거 아닌가요?'라고 의아해하는 사람도 있겠지만 주저주저하면서 좀처럼 자기 의사를 표현하지 못하는 사람도 있습니다.

예를 들어, 당신은 A에게 "사실은 조금 더 이렇게 해주면 좋겠어요"라고 말하고 싶습니다.

그런데 그 사람이 그렇게 해주지 않더라도 사실 그렇게 곤란하거나 하지는 않아요.

A가 내 요구를 들어주었다고 해서 크게 변하는 일은 없습니다.

오히려 작은 일이기 때문에 더 말을 못 하는 것일지도 모릅니다.

사소한 일에 얽매이는 속 좁은 인간처럼 보이기 싫거나 하고 싶은 말을 참는 게 더 마음이 편해서 늘 그렇게 행동해버리는 것입니다.

그런데 그렇게 생각하고 꾹 참으면 어떻게 될까요?

결국 그 사람에게 심술궂게 대하게 됩니다.

말하지 못하는 건 자신이면서도, 알아서 이해하고 행동해 주지 않는 상대에게 화가 나는 겁니다. 그래서 불친절하게 굴거나 다른 사람을 붙잡고 푸념을 늘어놓기도 합니다.

"있잖아, 그거 말이야. 어떻게 생각해?" 하고 말이죠.

속 좁은 사람으로 보이기 싫어서 참았는데 결국은 스스로 속이 좁다고 비난하는 게 돼버리는 거죠.

그렇기 때문에 하고 싶은 말은 해야 합니다.

진짜 속마음을 제대로 말하는 게 제일 좋겠지만, 만약 그게 잘 안된다면 그냥 부딪쳐보는 것만으로도 좋습니다.

사실 진짜 내 속마음을 말했다고 해서 상대가 모든 것을 이해해주는 것도 아니거든요.

그래도 '자신을 위해서' 그래야할 필요는 있습니다.

저도 옛날에는 '하고 싶은 말을 쌓아두는' 사람이었습니다.

그런데 그렇게 하고 싶은 말을 쌓아둘수록 상대가 싫어지는 거예요. 마음속이 엉망진창이 돼서 괴로웠죠.

그래서 상대를 싫어하고 싶지 않았기 때문에 미움 받을 걸 각오하고 제대로 얘기하기로 마음먹었습니다. 뭐, 그렇다고 해도 아직은 겁쟁이라서 하고 싶은 말을 전부 다 하지는 못하지만요.

성장이란
'허용'하는 것

자기혐오에 빠져도 괜찮습니다. 그것이 스스로를 긍정하는 것입니다.

스스로를 긍정한다는 건, 자신의 장점만을 긍정하고 열심히 노력해서 쌓아올린 결과만을 인정하는 게 아닙니다.

쓸모없는 일, 해내지 못한 일, 저질러버린 일을 비난하는 자신에게 쿨하게 "뭐, 이제 됐어"라고 긍정해주세요.

반성이 아닌 '이것으로 됐다'라고 인정하는 '용기'가 자신을 행복하게 만들고 주변 사람들도 행복하게 만들어줍니다.

'뭐든지 다 있을 수 있는 일'이라는 범위가 늘어나는 것을
'허용한다' 혹은 '성장'이라고 말하는 것입니다.

스스로를 비난하기 좋아하는 사람은,

"싫어하는 그 사람을 받아들이지 못하는 나는 어리석다."
"집에 있는 남편을 받아들이지 못하는 나는 한심하다."
"아직도 그런 일에 일일이 반응하는 내가 한심하다."
이렇게 말하면서 스스로를 비난합니다.

이런 말을 하는 저도 여전히 일일이 반응하는 일들이 많습
니다.
어떤 문제가 생겨도 일일이 반응하지 않고 무시할 수 있으
면 당연히 마음이 편해지겠지만, 그것은 그것대로 또 중요하

니까요.

하지만 좋아하는 건, 좋아한다.

싫은 건, 싫다.

화나는 건, 화난다.

이렇게 말하는 것도 괜찮습니다.

이렇게 싫고 좋은 감정을 분명히 드러내는 자신이어도 괜찮아요. 물론, 그런 감정만 갖고 있다면 자기가 싫어지기도 하겠지만요.

그런 부분까지도 포함해서 나 자신이니까, 전혀 화내지도 않고 반응하지도 않고 쓸모없는 부분도 없는 그런 성인군자를 목표로 삼지 않아도 괜찮은 겁니다.

14장

제대로 살자

'제대로 살고 있지 않다'는 것은 스스로를 부정하고

나는 쓸모없다며 자책하고 있다는 뜻입니다. 그리고 그렇게 자책하는

이유는, 어린 시절 어른들이 붙여놓은 '낙제 꼬리표'를 믿고 '내가 아닌

사람이 돼야 한다'고 생각하기 때문입니다.

당신은 '이대로는 안 돼'라는 저주에 걸려버렸습니다.

단지 그뿐입니다.

지금부터라도 인생을 제대로 살기 위해서는 이렇게 행동을 바꿔보세요.

열심히 하지 않을 것.

손해를 볼 것.

야비하게 살 것.

누군가를 돕지 않을 것.

도움이 되지 않을 것.

좋아하는 일만 할 것.

참는 것을 그만둘 것.

'분수를 모르는' 일을
하자

자신의 분수를 고려해서 행동하고 만족할 줄 알라고 말하는 사람이 있습니다.

물론 그것도 인생을 겸허하게 살아가는 훌륭한 삶의 방식입니다. 그런데 자신의 가능성에 대해서 더 알고 싶은 사람, 더 활약하고 싶은 사람에게는 그런 말은 역효과를 불러오는 말일 뿐입니다.

지금의 나에게는 이 정도가 적당하겠네.

지금의 나라면 이 정도가 딱 맞겠지.

이 정도 해두면 '무난'하겠지.

이렇게 생각하는 것은 내 분수 이상의 것을 추구했을 때 창피를 당하고 싶지 않기 때문입니다.

그래서 '이 정도의 나'로 고정시켜버립니다.

그리고 '역시나 이 정도가 정답이네'라고 수긍할 수 있는 작은 결과를 만들어냅니다.

무조건 큰 게 좋은 것만은 아니지만 너무 작기만 해도 즐겁지 않습니다.

사실은 나는 더 대단한 사람이라고 마음속으로만 생각하고 있는 당신.

'그리 대단한 것도 아니죠'라는 말을 들으면 울컥하는 당신.

그렇다면, 더욱더 분수를 모르는 일에 도전해봐야 합니다.

설사 분수도 모르고 큰일에 도전해서 실패를 맛보고 사람들에게 비웃음을 사더라도 웃음으로 넘기면서 즐겨보세요. 그 정도 일은 한번 도전해보는 것이 낫습니다.

당신이 정말로 대단한 사람이라면 그 정도의 일로 당신의 가치가 변하지는 않아요.

당신이 실패한 모습을 보고 웃는 사람은, 마음속으로는 '사실은 나는 대단해'라고 생각하면서도 그걸 밖으로 드러내지 못하는 겁쟁이일 뿐이니까요.

그런 사람과는 관계를 끊어버리고 비웃어주자고요.

설사 남들의 비웃음을 샀던 일도 나중에는 "그때는 그랬지~"하면서 웃으며 되돌아볼 무용담이 돼있을 겁니다.

분수에 맞게 산다는 것은 당신의 과거에 기준점을 두는 것입니다.

과거의 나와 다른 사람이 되고 싶다면 자꾸 창피를 당하고 실패하면서 과거의 자신을 웃으며 뛰어넘어야 합니다. 과거에 창피를 당했던 자신을 인정해야 합니다.

당신이 자신의 분수라고 생각하는 그것들은 이미 오래 전부터 꽉 끼어 터지기 일보 직전입니다.

'분수'라는 건 고정된 것이 아닙니다. 당신은 지금 과거의 옷을 입은 채로 꽉 끼어서 답답해하고 있습니다.

큰 옷은 너무 헐렁해서 폼이 안 나고, 새옷은 너무 번쩍거려서 부끄럽고….

그래서 당신은 '과거의 분수'라는 손때 묻은 헌옷을 계속 입으려고 합니다.

'과거의 분수'라는 낡은 옷에 자신을 맞추려고 하는 거죠.

그 옷은 당신의 부모님이 입혀준 옷이기도 하니까요.

그것을 소중히 여기는 마음은 이해가 가지만 당신은 이제 아이가 아닙니다.

이제는 스스로 자기에게 맞는 옷을 골라 입어도 됩니다. 폼이 안 나고 쑥스러워도 자기가 입고 싶은 더 화려하고 큰 옷을 골라 입어도 괜찮습니다.

동경하던 사람이 입던 것과 같은 옷이 어울리는 자신에게 만족해도 괜찮습니다.

당신이 당당하면 사람들은 그걸 '용기'라고 말하고 '멋있다'고 생각합니다.

그 옛날 부모님이 사준 작은 아동복을 계속 입고 있는 것이 새옷을 입고 창피를 당하는 것보다 더 부끄러운 일입니다. 그러니 이제 헌옷을 벗고 자신에게 맞는 새옷을 입어보세요.

'당신을 위해서'라는 말

제가 행운을 누릴 수 있게 해준 키워드는 '사양'입니다.

언젠가 이제 사양하는 걸 그만두고 야비하게 살자고 생각했습니다.

살아가는 데 있어 '사양'과 '겸손'이 미덕이라는 말도 있지만, 한 걸음만 삐끗해도 그것은 그냥 죄악감일 뿐입니다.

왜냐하면 나라는 인간을 과소평가하고 비하하기 쉽기 때문입니다.

또 나다움을 가장 많이 없애는 길이기도 합니다.

그래서 저는 죄악감을 버리고 야비한 사람으로 살기로 결심했습니다.

그랬더니 겸손하고 좋은 사람인척 했을 때보다도 더 많은 사람들과 긍정적인 관계를 맺을 수 있었습니다.

"~해두는 편이 좋겠죠.""~하지 않는 편이 좋겠죠.""~하는 게 당연하겠죠.""~해서는 안 되죠."

이런 말들의 뒤에는 '사실은 하고 싶다' '사실은 하고 싶지 않다'라는 의미가 숨겨져있습니다.

"미안하니까.""사람들이 싫어하니까.""냉정하고 지독한 사람이라고 생각할지도 모르니까."

이런 말들에는 죄악감과 미움 받지 않기 위한 약아빠진 지혜가 가득합니다.

물론, 친절함도 있습니다. 그런데 그것을 위해 자신을 죽이고 '당신을 위해서'라는 나쁜 전제가 만들어집니다.

사람들은 '당신을 위해서'라고 말하면서 봉사하고 조언하고 자신을 희생합니다. 그리고 그 대가로 '보상'과 '성의', 그리고 '정의'를 요구합니다.

나는 이렇게까지 했어요. 나는 이토록 자신을 희생했어요.
그러니까 당신은 나에게 고마워하고 봉사해야만 해요.

죄악감을 없애는 것은 '상대에게 바라는 것을 그만두는 것'이기도 합니다.

죄악감이 있기 때문에 상대로부터 보상이나 반성, '제가 나빴습니다'와 같은 사과를 요구합니다. 또 '고마워' '잘 됐네' '이 은혜는 안 잊을게' 같은 인사를 요구하기도 합니다.

죄악감이 적은 사람은 '악의'가 없는 사람입니다.
비꼼, 심술, 무시, 바보 취급이 통하지 않는 무척 좋은 사람입니다.

마음이 예쁜 사람입니다.

어떤 경우에도 사양이라는 브레이크를 밟은 채로는 앞으로 나아가지 않는다는 걸 명심하세요.

목표가
자기 자신을
작게 만든다

목표를 정합니다.

목표를 달성한다는 것은 장차 그렇게 되고 싶다는 말입니다.

당신이 그렇게 목표를 정한 데는 분명 '근본적인 이유'가 있었을 것입니다. 그것은 나도 저 사람처럼 되고 싶다는 바람입니다.

따라서 그 목표라는 건 과거나 현재에 자신이 보거나 들은 것, 또는 누군가로부터 좋다는 말을 들은 것들로 우리의 '경험'과 '상상'의 범위를 벗어날 수 없습니다.

따라서 목표를 정한다는 것은, 자신의 '상한선'을 스스로 정하는 것입니다. 그래서 저는 이렇게 말합니다.

목표를 버리세요.
미래만을 보지 마세요.

미래의 목표를 정하기보다 지금 눈앞의 일에 집중하는 것이 자신도 몰랐던 가능성의 문을 여는 일이 될 것입니다.
당신은 당신의 생각보다 100만 배쯤 훌륭합니다.
목표를 버린 순간, 당신은 비로소 자신이 가진 가능성의 한계를 넘어설 수 있습니다.

그렇게 앞일을 걱정하지 않아도 됩니다.
그렇게 계획을 세워서 '잘 하려고' 하지 않아도 됩니다.

미래만 생각하지 말고 지금 하고 싶은 일을 하지 않을래요?

그렇게 과거를 억울해하지 않아도 돼요.

그렇게 과거를 숨기지 않아도 돼요.

그렇게 과거를 정당화시키지 않아도 돼요.

지나간 과거만 생각하지 말고 지금 하고 싶은 일을 하지 않을래요?

앞날을 걱정하니까 과거의 일까지 후회하는 것 아닐까요?

자신이 괜찮다고 믿지 못하니까 계속 앞날을 걱정하는 거 아닐까요?

할 수 있다고, 자신이 훌륭하다고 믿을 수 있다면 계획과 목표는 필요 없습니다.

마음속으로 할 수 없다고 생각하고 자신이 없기 때문에 계획을 세우고 열심히 하는 것입니다. 그렇게 하지 않으면 '큰일 난다'고 믿기 때문일지도 모릅니다.

그래서 '열심히 한다' '제대로 한다'라는 선택지 이외의 것은 '불가능한 것'이 됩니다.

목표를 세우지 않는다는 것은, 그런 의미에서 손에서 두려움을 놓는다는 의미가 됩니다.

자신은 무슨 일이 있어도 괜찮다는 자신감을 발견하는 일입니다.

만약 당신이 지금 자신감을 손에 쥐고 있다면 무엇을 할건가요?

저 같으면 미래를 위해 한걸음 더 나아가기 위해 에너지를 쓰기 보다는 지금 이 순간을 즐기겠습니다. 그저 재미있게 놀고 어떠한 이해타산이나 손익계산 없이 지금 하고 싶은 일을 하겠습니다.

목표를 세우는 것이 나쁘다는 이야기가 절대 아닙니다. 다만 제가 얘기하고 싶은 것은 목표를 세우지 않아도 된다는 하나의 제안입니다.

저는 목표를 세우지 않는 편이 실현가능성이 더 크다고 생각합니다. 이 방식으로 바꾼 후 몇 백배나 마음 편하고 즐겁게 일이 잘 풀리는 체험을 했거든요.

목표는 '짓궂은 장난' 정도로 충분합니다.

"이렇게 안 되면 위험해" "이렇게 되면 인정받을 수 있어"가 아니라 "굉장하네, 재밌어" 하는 식으로 말이에요.

노력으로 현실을 바꾸어가는 것이 아니라 자신의 내면을 즐겁게 해서 외부의 현실을 새롭게 만들어보세요.

역설적으로 목표 달인이나 계획 달인, 혹은 머리가 좋고 일을 잘 하는 사람일수록 '자신에 대한 무조건적인 신뢰'에서 멀어집니다.

노력과 재능과 지혜로 성공하면 언제까지나 두려움에서 벗어날 수 없습니다.

성공했기 때문에 두려움이 일시적으로 작아져서 알아차리

지 못하고 있을 뿐이죠. 지금은 두려움이 작아서 문제가 되지 않겠지만 결국 두려움은 다시 돌아오기 마련입니다.

그렇다고
여기다

저는 늘 "스스로를 훌륭하다고(사랑받고 있다고, 풍족함에 싸여있다고) 여겨주세요"라고 말합니다. 그러면 그 말을 들은 분들은 "선생님 말대로 할 수가 없어요"라고 하소연을 합니다.

그런데요, '훌륭하지 않다(사랑받지 못한다, 풍족하지 않다)고 여기는' 것은 가능하면서 왜 반대는 안된다고만 하는 건가요? 지금 하고 있는 걸 그냥 반대로 해보면 되는 거 아닌가요?

'~(라)고 여긴다'는 말을 마이너스 상황에 사용하면 마이너스가 가속화되고, 플러스 상황에 사용하면 플러스가 가속화 됩니다. 마이너스 상태이든 플러스 상태이든 결국 어느 쪽에 포커스를 맞추는가 하는 얘기일 뿐입니다.

당신은 지금 '~(라)고 여긴다'는 말을 어느 쪽에 사용하겠습 니까?

'사람들이 싫어나는 나, 능력 없는 나, 사랑받지 못 하는 나, 돈을 못 버는 나'를 선택하겠습니까, 아니면 반대의 경우를 선 택하겠습니까?

만약 전자를 선택한다면 당신은 '열심히 노력'할 수밖에 없 습니다. 다른 선택지가 없기 때문에 만약 노력하기를 그만둔 다면 '보상받지 못하는' 악순환에 빠집니다. 다시 말해, '노력 한 것 만큼의 보상만 받을 수 있다'는 의미입니다.

이런 인생은 완벽한 성과급 인생입니다. 성과급 인생은 지 치고 힘들고 쉴 틈도 없습니다.

지금보다 더 풍족한 인생을 살고 싶으면 더 열심히 노력해야 하니까요.

　그러면 후자를 선택하면 어떻게 될까요? '사랑받는 나'를 선택한다는 것은 '열심히 하지 않고 즐겨도 된다'는 의미이고 '노력하지 않아도 보상받는다'는 것입니다.

　즉, 기본급이 엄청나게 높은 인생. 기본급만으로도 충분히 풍족하게 살 수 있는 인생인 것입니다. 이런 인생이라면 조금만 열심히 해도 큰 보상을 받습니다.

　그렇다면 그런 삶을 살기 위해서는 어떻게 하면 좋을까요?

　기본급이 높은 사람과 똑같이 행동하면 되는 것입니다. 즉, '열심히 하지 않고 즐긴다' '노력하지 않는다' '좋아하는 일만 한다' '싫은 일은 즉시 그만 둔다'. 단지 그뿐입니다. 그렇게 하면 열심히 하지 않아도 보상받는 인생으로 바뀝니다.

　일이 잘 풀리는 이유는 오직 단 하나 그냥 '나라는 사람이라서'가 아닐까요? 다른 이유는 전부 부수적인 것들입니다. 그리고 일이 잘 풀리지 않는 이유도 오직 하나, '나이기 때문'

인 거예요. 결코 노력이 부족해서 그런 것이 아닙니다.

못 믿겠다는 사람은 지금까지 해온 것처럼 노력하고 보상받는 인생을 살아가면 됩니다.

하지만 이제 노력하는 것에 지쳐 인생을 뒤집고 싶은 사람이라면 '지금까지 해온 것과 반대'로 해야 합니다. 그러면 '지금까지와는 반대되는 인생' '믿을 수 없는 인생'을 보낼 수 있습니다. 즉, 나이기 때문에 잘 풀리는 인생을 살 수 있습니다.

나는 훌륭하다.

나는 사랑받고 있다.

나는 풍족하다.

나는 이미 건강하다.

나는 이미 행복하다.

'그런 걸로 하자.'

이렇게 생각해보는 것만으로도 인생은 변합니다.

이런 '태도'와 '전제'로 살아가면 그 증거가 나중에 모여듭니다.

나라는 사람은 스스로 생각하는 것보다 훨씬 더 훌륭하고 훨씬 더 지독합니다.

'그런 걸로 하자'는 언뜻 '그렇게 여기자'는 말처럼 느껴지기도 하지만, 사실은 '진실'을 깨닫는 순간에 가까이 와 있다는 뜻입니다.

'아무것도 할 수 없다' '최악이다'라고 생각하고 있던 자신이 사실은 가장 훌륭했다는 걸 깨닫는 순간이 가까이 다가와 있는 것입니다.

그래서 이제는 더 이상 열심히 하거나 도움이 되려고 애쓰거나 마음에도 없는 아부를 하지 않아도 됩니다. 또 인정받으려고 하지 않아도 괜찮고 빈축을 사거나 민폐를 끼쳐도 괜찮습니다.

무엇인가를 '해야만 한다' 혹은 무엇인가를 '해서는 안 된다'가 아니라 그저 하지 않아도 괜찮고 해도 괜찮은 세계에 뛰어들 용기를 갖는 것으로 모든 흐름이 바뀌는 것입니다.

제멋대로 라는 건, 자기 마음대로라는 의미입니다.
그리고 자기 마음대로라는 건, 결국 '나답게'라는 의미입니다.

나답게 살아서 인생이 잘 풀리지 않을 리는 없지 않을까요?
오히려 나답게 살지 않는 사람들이 자주 화를 내거나 짜증을 냅니다.
나답게 살아도 행복하게 살아도 건강하게 살아도 풍족하게 살아도 화 낼 일이 있고 싫어하는 일이나 슬픈 일이 생깁니다.
장롱 모서리에 새끼손가락도 부딪치고 감기에 걸리기도 합니다. 배탈도 나고 암에 걸리기도 합니다. 때론 손해도 보고 물건을 잃어버리기도 하고 분할 때도 있고 소외감을 느끼는 일도 있겠죠.

그래도 그것으로 됐다, 그것으로 좋다라고 생각하면 그만입
니다.

그것이 바로 행복인 것입니다.

좋아하는 일만
하면서 살아간다

우리는 처음부터 '답'을 알고 있습니다.

그것은 '이게 하고 싶어' '이건 하기가 싫어'와 같이 '직감'과 '마음에서 흘러나오는 소리'입니다.

여기에 윤리적인 이유는 없습니다.

'왜 그런지는 잘 모르겠지만 그저 하고 싶다'는 것일 뿐.

다른 사람을 배려하는 대신 어떻게 되더라도 내가 하고 싶은 일을 계속 하고 싶다면 각오가 필요합니다.

나중에라도 '반성'해서는 안 됩니다.

만일 후회한다면, 그것은 진짜 '하고 싶다'는 마음이 아닌 것입니다.

그저 무언가에서 도망치기 위한 것입니다.

진짜 하고 싶은 일인지 아닌지를 판별하는 건 솔직히 말해서 어렵습니다.

그럴 때는 일단 한번 해보고 행복해지지 않으면 그냥 '아, 틀렸구나' 하고 가볍게 생각하면 됩니다.

틀렸다면 지금까지와는 다른 길을 선택해 나가면 되는 것이고요.

그런데 여기에는 '용기'가 필요합니다.

'좋아하는 일만 하면서 살아간다'는 것은, 사실은 엄청나게 겁이 나는 일입니다.

그래서 어떤 사람은 "그런 일은 불가능해요, 할 수 있을 리가 없어요"라고 말합니다. 그런데 이 말은 사실 '나한테는 그런 용기가 없어요'라는 속마음을 바꾸어 말한 것일 뿐입니다.

당신은 할 수 있지만 하지 않습니다. 그 대신 노력이라는 길로 도망치고 맙니다.

때때로 "좋아하는 것만 하면서 사는데도 일이 잘 안 풀립니다"라고 말하는 사람이 있습니다. 이런 경우는 사실 각오가 전혀 돼있지 않은 상황에서 '좋아하는 거라고 짐작하는 것들'을 하고 있을 가능성이 높습니다.

저는 정말로 자신이 좋아하는 것만 하겠다는 배짱을 가지고 꾸밈없이 스스로에게 솔직하게 살아가기로 결심하는 사람들이 늘어난다면 앞으로 더 좋은 세상이 될 거라고 생각합니다.

고코로야 진노스케

'나 자신을 바꾼다'는 것은 '훌륭한 내가 된다'는 말이 아니에요

나 자신을 바꾼다는 것은

비웃음을 당하지 않는 사람이 된다는 뜻이 아니에요.

실패하지 않는 사람이 된다는 것이 아니에요.

해낼 수 있는 사람이 된다는 것이 아니에요.

착한 사람이 된다는 것이 아니에요.

약한 소리를 안 하는 강한 사람이 된다는 것이 아니에요.

굉장한 결과를 남긴다는 것이 아니에요.

속죄하기 위해 열심히 하는 것도 아니에요.

훌륭하지 않은 나를 감추거나

극복하려고 애쓰는 것도 아니에요.

스스로 대단한 사람처럼 보이려고 하는 것,

인정받으려고 하는 것을 그만둔다는 뜻이에요.

나 자신을 바꾼다는 것은

훌륭하다는 말을 들을 수 있는 내가 되는 것이 아니에요.

대단하다는 찬사를 받을만한 결과를 남길 수 있는

내가 되는 것도 아니에요.

누구에게나 사랑받는 사람이 되는 것도 아니에요.

훌륭한 나를 알고,

훌륭한 나에게 어울리는 행동을 한다는 뜻이에요.

훌륭한 나라면 무엇을 시작하고 무엇을 그만둘지,

얼마만큼 자신이 하고 싶은 일을

소중히 여기며 살아갈 것인지 생각해보고 행동한다는 뜻이에요.

또 함부로 스스로를 비하하지 않고 함부로 포기하지 않고

'나는 이 정도가 어울려'라고 말하면서

못하는 척하거나 겸손한 척하지 않는다는 거예요.

무엇보다 상처받아도 비웃음을 당해도 혼이 나도

바보라는 소리를 들어도 스스로를 믿으면서 살아가는 거예요.

나 자신을 믿는다는 것은

상처 입을 각오를 한다는 말이에요.

그것이 바로 '있는 그대로의 모습으로 산다'는 의미예요.

있는 그대로의 모습으로 나답게 산다는 것은

결코 쉬운 일이 아니지만 당신이 그렇게 살아갈 용기를 갖고

상처까지 받아들일 각오가 돼있다면

그 무엇도 두려워하지 않고 홀가분한 마음으로

살아갈 수 있을 겁니다.

더이상
참지않아도
괜찮아

1판 1쇄 인쇄 2017년 9월 4일
1판 1쇄 발행 2017년 9월 11일

지은이 고코로야 진노스케
옮긴이 예유진
펴낸이 김성구

책임편집 이은정
단행본부 박혜란 김민기 나성우 김동규
디자인 홍석훈 문인순
저작권 이은정
제 작 신태섭
마케팅 최윤호 송영호 유지혜
관 리 노신영

펴낸곳 (주)샘터사
등 록 2001년 10월 15일 제1-2923호
주 소 서울시 종로구 대학로 116 (03086)
전 화 02-763-8965(단행본부) 02-763-8966(영업마케팅부)
팩 스 02-3672-1873 **이메일** book@isamtoh.com **홈페이지** www.isamtoh.com

표지 및 본문 그림 © 김혜령
한국어 판권 © (주)샘터사, 2017, *Printed in Korea.*

ISBN 978-89-464-2069-4 03830

이 도서의 국립중앙도서관 출판시도서목록(CIP)은 e-CIP 홈페이지
(http://www.nl.go.kr/cip.php)에서 이용하실 수 있습니다. (CIP제어번호: CIP2017020799)

값은 뒤표지에 있습니다.
잘못 만들어진 책은 구입처에서 교환해드립니다.